AF397715

Erotische Geschichten von
Heidrun Johanna Härtling

Marshmallows auf der Haut

Meine kleine Bettlektüre

Illustrationen: Marja Makuschewitz (Mm)

Heidrun Johanna Härtling
- Marshmallows auf der Haut -

1. Auflage (11. Juli 2021)
ISBN 978-3-96692-056-8
©2021
Verlag & Gestaltung:
Stockwärter Verlag, Halle (Saale), Bernd Stockmann
Druck & Herstellung:
BoD - Books on Demand GmbH, Norderstedt

Ein Wort zur Einstimmung

Die Autorin, Heidrun Johanna Härtling, schreibt seit vielen Jahren Gedichte, Balladen und Geschichten. 2011 hat sie zwei Lyrik-Taschenbücher veröffentlicht, die in ausdrucksvoller Reimform von Mensch und Natur erzählen, mit Herzblut geschrieben, mit Bewunderung gelesen. Nunmehr konnte ihre „kleine Bettlektüre" veröffentlicht werden. Personen, Orte und Handlungen in den erotischen, meist lebensfrohen Geschichten entspringen ausschließlich der Fantasie.

Vierzehn spannende Geschichten erzählen von vierzehn Frauen, nicht mehr ganz jung und manchmal sehr allein, doch voller Lust am Leben, voller Leidenschaft und Gier nach Sex und Zärtlichkeit. Sie lassen sich auf außergewöhnliche, manchmal riskante Abenteuer, oft an den merkwürdigsten Schauplätzen ein und stellen hin und wieder fest, dass es nur Träume waren.

Die Autorin schreibt sehr direkt, detailliert und facettenreich, mit großem Spaß am Schreiben, viel Fantasie und einer gewissen Portion Humor als besondere Würze. Der schmale Grat zwischen Erotik und Porno ist der Kick dieser Erzählungen, die allesamt darauf warten, die Herzen vieler Leserinnen und Leser zu erobern.

Lautloser Schmerz

Sie grub mit einer blitzschnellen Bewegung ihre sporngespickten Nägel in seinen Nacken und zog langsam, ganz langsam mit den Krallen fünf dünne, tiefe Striemen entlang der Wirbelsäule seinen Rücken hinunter. Fünf, alsbald dunkelrot unterlaufene Gräben, so, als säßen in ihnen Soldaten an den Geschützen.

Er fiel nach vorn um, ins nasse Gras.

Für einen Moment setzte die Atmung aus. Blut trat aus den Rillen hervor und bewegte sich in roten Rinnsalen in Richtung Gesäß. Dort sammelte es sich zu einer Lache. Die geschundene Haut war inzwischen erhaben angeschwollen.

Sie nahm das Blut aus der Lache mit der Zunge auf und ließ es in seinen Nacken tropfen.

Sie bedeckte die Wunden mit Sennesblättern und drückte sie vorsichtig fest.

Während der ganzen Zeremonie war nicht ein Laut zu hören.

Dann legte sie sich neben ihn.

Als die Sonne mit ihren ersten Strahlen über seinen verwundeten Rücken leckte, erhob sich Thoralf, mit einem zischenden Geräusch des Schmerzes zwischen den Zähnen, und schickte seine Blicke in die Umgebung.

Er suchte Veronika. Und entdeckte sie auf der Wiese zwischen Gräsern beim Blumenpflücken. Sie hatte ihr blondes Haar ungeordnet auf dem Kopf festgesteckt. Einige Locken hatten sich im Nacken gelöst. Und auch an den Schläfen kringelten sie sich wie kleine Korkenzieher.

Von ihren Lippen floss ein Lied. Thoralf verstand den Text nicht, glaubte aber, eine sanfte Melodie wahrzunehmen.

Veronika trug ein dünnes, cremefarbenes Sommerhemdchen, das locker über die kleinen Brüste fiel, ohne sie ganz zu verdecken.

So unschuldig hockte sie im Gras, dass Thoralf Mitleid überkam. Mit bedächtigen Schritten ging er auf sie zu. Veronika spürte sein Kommen, hob den Kopf und lief mit erstorbenem Lächeln an ihm vorbei, ohne ihn eines Blickes zu würdigen. Vorn an der Grasnarbe, wo er gelegen hatte, bückte sie sich, riss mit den Zähnen die Halme mit dem eingetrockneten Sperma ab und schluckte kurz und ohne Regung. Sie setzte sich in den alten Rolls-Royce® und brauste davon, ohne sich noch einmal umzusehen.

Thoralf hatte sie noch nie im wahren Leben getroffen. Die Vereinbarung lautete: kein Kontakt, kein Wort der Sprache. Achtmal traf er sie auf ähnliche Art. Ähnlich, aber jedes Mal anders. Einmal hatte er versucht, sie hinterher anzusprechen. Sie warf ihm einen giftigen Blick zu und hatte von irgendwo her ein aufgeklapptes Stilett gezogen. Thoralf zeigte Unterwürfigkeit und alles war gut. Jeden Monat überwies er eine große Summe Geldes auf ein Konto bei einer Bank in der Schweiz. Dafür traf sie sich viermal im Monat mit ihm, Thoralf.

Sie kannte seine Adresse, er ihre nicht. Er erhielt vor jedem Date per Post einen Brief, in dem er über Ort und Zeit informiert wurde. Wenn er zum vorgegebenen Termin verhindert sei, fällt er aus. Zahlen müsse er trotzdem. Also richtete Thoralf es immer so ein, dass er Datum und Zeit wahrnehmen konnte. Er hatte noch nie ein Wort mit ihr gewechselt, aber er wollte sie wiedersehen. Immer wieder. Sie und nur sie. Er sehnte das nächste Treffen herbei und würde es gern öfter haben. Die Agentur ließ nicht mit sich reden. Es gab kein Telefon, nur ein Postfach. Sämtliche

Schreiben, die er mit der Bitte, sie öfter zu treffen, dorthin richtete, blieben unbeantwortet.

Thoralf zog sich an und ging noch einige Minuten auf die Wiese, wo sie vor einer halben Stunde Blumen gepflückt hatte. Thoralf erinnerte sich, sie trug keine Blüten in der Hand, als sie an ihm vorbeiging. Vielleicht fand er im Gras den kleinen Strauß, dann hätte er eine Erinnerung an sie. Nach kurzem Suchen fand er die Blumen. Und unweit davon fand er ihr Fußkettchen. Thoralf war überglücklich und wusste nicht, in welche Gefahr er sich begab. Er nahm das Kettchen an sich und fuhr nach Hause. Am nächsten Morgen in der Firma konnte er an nichts anderes denken. Mit seinen achtunddreißig Jahren leitete Thoralf Bochsen die Marketingabteilung eines großen Konzerns. Er hatte es geschafft. Er verdiente gut, sah gut aus, hatte Freunde, hatte tadellose Umgangsformen, konnte sich praktisch alles leisten. Aber er hatte keine Frau. Warum hatte er keine Frau? Thoralf war kein männliches Mauerblümchen. Mehrere kurze Beziehungen hatte es wohl gegeben. Keine von langer Dauer. Er spürte, dass er in einer normalen Verbindung nicht leben konnte. Ihm genügte der normale Sex nicht. Er musste das Außergewöhnliche haben. Irgendwann vertraute er sich einem Freund an. Norman zog tiefe Falten auf der Stirn und gab ihm wortlos die Adresse mit dem Postfach. Creatuspeople 8491 Canterhill PF 121290.

Er sollte sich vorstellen, ohne Anrede, ein Foto mit hineinlegen und eine gewisse Sicherheit garantieren. Der Rest lief über vier Briefe im Monat und die Überweisung einer bestimmten Summe auf eine Schweizer Bank. Das war alles ungewöhnlich. Aber es war unverzichtbar für ihn. Es war eine Sucht. Sie war eine Sucht.

Thoralf brachte heute nicht viel zustande. Das Fußkettchen ging ihm nicht aus dem Sinn. Er verließ sehr früh sein Büro und schlenderte gedankenversunken noch eine Zeit am Ufer des Bradley River entlang. Was sollte er mit dem Kettchen tun? Sollte er es ihr in der nächsten Woche zurückgeben? Sollte er es als Pfand oder als Erinnerung behalten? Würde sie auf das verlorene Kettchen überhaupt reagieren? Er wusste es nicht, aber er glaubte es auch nicht. Thoralf ging langsam in sein Stamm-Pub, trank einen Manhattan und fuhr danach mit der Metro in sein Apartment. Aus dem Briefkasten zog er nicht nur die Tageszeitung, sondern auch ein Couvert, dessen Herkunft er sofort am Anredeblock erkannte. Der Brief war ohne Marke. Er kam also nicht mit der Post. Thoralf stutzte. Was hatte das zu bedeuten? Oben angekommen, öffnete er schnell das Couvert. Ohne Anrede wurde er unmissverständlich aufgefordert, das Schmuckstück in einen Briefumschlag im Format DIN A5 zu legen und es per Post aufzugeben. An die bekannte Adresse. Thoralf stand da wie versteinert. Er war sprachlos und verwirrt. Wie kam die Agentur darauf, dass er das Kettchen haben könnte? Da musste doch heute Vormittag das gesamte Wiesengelände danach abgesucht worden sein. Er setzte sich und überlegte. Er wollte diesem Gesuch nicht nachkommen. Er traf den Entschluss, gar nicht darauf zu antworten. Vielleicht würde Veronika ihn beim nächsten Besuch doch darauf ansprechen.

Es vergingen wenige Tage, an denen Thoralf sich wieder einigermaßen gesammelt hatte und den nächsten Terminbrief erwartete. Der Brief wurde ihm zugestellt. Doch er enthielt kein Datum für ein neues Treffen sondern eine Warnung. Er sollte umgehend den Schmuck, wie ihm im vorhergehenden Schreiben mitgeteilt wurde, zurücksenden. Andernfalls würde er

verursachen, dass Veronika für ihren Leichtsinn bestraft und er sie nie wieder sehen würde. Für seine Sicherheit könne man dann auch nicht mehr garantieren. Thoralf war bestürzt. Er goss sich einen Manhattan ein und musste sich setzen. Was sollte er tun! Er war ein mehr als gut zahlender Kunde und wurde plötzlich so unverschämt bedroht. Was dachte sich diese People-Firma! Er konnte sich auch anderswo außergewöhnlichen Sex kaufen. Aber er wollte Veronika. Und nur sie. Aber ihre Sicherheit aufs Spiel zu setzen, lag ihm fern. Also war er wohl gezwungen, der bedrohlichen Aufforderung nachzukommen. Thoralf setzte sich an den Schreibtisch und machte ein DIN A5 Couvert fertig, beschriftete es und wollte das Fußkettchen, in eine Serviette verpackt, einlegen. Da fiel ihm etwas auf. Das Kettchen hatte einen winzigen silbernen Anhänger, der wie ein kleiner Barren aussah. Es war etwas eingraviert. Mit der Lupe konnte er es erkennen: Creatuspeople. Ah, und dicht daneben drei winzige Brillanten. Sollte das ein Anerkennungsbarren sein? Eine Prämie für herausragende Leistungen? Die drei Brillis, sollten sie … das konnte nicht nur drei Freier bedeuten, drei Treffen auch nicht. Selbst dreißig schien Thoralf etwas zu wenig. Dreihundert etwa? Das wäre eine wahrhaft große Leistung. In diesem jungen Leben. Thoralf nahm seine Kamera zur Hand, fotografierte das Kettchen und steckte es dann, ummantelt von einer Serviette, in das Couvert. Er brachte es auch sofort noch zur Post.
Veronika hatte großen Ärger bekommen.
Sie war mit einem fünfköpfigen Begleittrupp noch einmal zur Wiese gefahren. Die war großräumig nach dem wertvollen Fußkettchen abgesucht worden. Niemand hatte es gefunden. Dann begannen die Maßregelungen, danach die Einschränkungen und zum Schluss die Drohungen.

Sie musste ihre Konsequenzen ziehen. Obwohl sie fast verrückt wurde bei dem Gedanken, Thoralf nicht mehr sehen zu können. Sie konnte nicht mehr auf ihn verzichten. Er war ein Teil ihres Lebens geworden. Wenn sie nur einen Gedanken an ihn verschwendete, liefen ihr Schauer der Gier über den Rücken, und sie musste es sich selbst machen, um wieder herunterzukommen. Doch die Chancen ihn wiederzusehen, standen mehr als schlecht.

Zum Teil lag die Schuld dafür bei Thoralf selbst. Durch seine ewigen Anfragen, ob er sie öfter sehen könne, fachte er in der Firmenleitung ein Misstrauen an, bei dem es ihr schwerfallen dürfte, es wieder ins Gegenteil zu wandeln. Veronika erhielt ab sofort nur noch fremde Namen und Adressen.

Jeden Abend, nachdem sie einen anderen Mann getroffen und mit ihm geschlafen hatte, verspürte sie das Bedürfnis, sich durch eine stark duftende Aromadusche von den fremden Gerüchen, den ungeliebten Berührungen, den verhassten Überbleibseln orgastischer Aktivitäten in und auf ihr zu befreien.

Sie wünschte sich nichts so sehr wie Thoralf.

Diesen süßen Thoralf, dessen Körper sie so intensiv anzog, als hätte sie seit ihrer Geburt auf ihn gewartet. Wenn sie sich nur diese makellos runden, straffen Hinterbacken vorstellte, die in einem sanften Ypsilontal zusammenliefen …

In Gedanken griffen ihre Hände zärtlich zwischen die beiden Hälften und drückten sie, ohne dass Thoralf die Möglichkeit gehabt hätte sich zu wehren, wie in Zeitlupe auseinander. Auf ihren Armen erhoben sich die zarten hellblonden Flaumhärchen auf einer, ihren ganzen Körper durchschauernden, Gänsehaut. Veronika sog geräuschvoll die Luft durch die leicht geöffneten Zahnreihen ein. Sie legte ihren linken Handrücken wie einen Hauch auf seine Hoden und rieb sie äußerst vorsichtig, während sie sich ganz langsam und behutsam auf seinen rechten Oberschenkel setzte. Thoralf zuckte kurz, blieb aber auf dem Bauch liegen. Veronika beugte sich nach vorn und bedeckte seinen Rücken mit Küssen. Ihre Hand fuhr wieder mit der Innenseite zwischen seine Schenkel, um das Glied zu suchen. Die Berührung seines erigierten Penis, die sie so aphrodisierend empfand, als würde sie nicht nur in ihrer Vorstellung stattfinden, entlockte Veronika ein äußerst erregtes Sirren ihrer Stimme. Sie rieb den Phallus immer stärker und empfand das tiefe ruhige, genießende Atmen des geliebten Mannes in allen Poren ihrer Haut.

Veronika glitt langsam von seinem Körper herab, rollte sich auf den Rücken und schob sich in der letzten Phase vor dem ersehnten Orgasmus unter Thoralf. Er kam ihr, hastige Töne hoher Erregung von sich gebend, sehr bereitwillig entgegen und trieb, aufs stärkste erregt, seinen Penis zwischen die Lippen ihrer Vagina … In diesem Moment gelangte Veronika in die Wirklichkeit zurück. Der Orgasmus! Wo blieb der Orgasmus! Sie fühlte, dass sie überquoll vor vaginaler Flüssigkeit. Sie nahm beide Hände und geleitete sich blitzschnell mit ihrer Hilfe zur Erlösung.

Als sie wieder aufwachte, verschwendete Veronika ihren ersten Gedanken an Thoralf. Einmal, noch einmal wollte sie ihn wiedersehen. Es sollte die schönste Begegnung werden. Und die letzte. Die Agentur ließ nicht mit sich spaßen.

Sie hatte, entgegen der sonstigen Gepflogenheiten, zugelassen, dass Veronika ihn zwölf Mal hatte treffen können. Dann die Geschichte mit dem Fußkettchen. Man wollte ihr kündigen. Es würde ihren Ruin bedeuten. Sie ließ sich darauf ein, ihn nie wieder zu sehen. Doch, einmal wollte sie es noch. Sie überredete die Sekretärin, Thoralf noch einen Termin zu senden. Es kostete sie ein Vermögen.

Veronika trauerte. Und doch war sie froh, noch ein Rendezvous mit dem geliebten Mann haben zu können.

Zwei Tage später hatte Thoralf seinen neuen Termin. Am Donnerstag, zehn Uhr am Gestüt „Yellowhorn" im Vorort Hallrover. Wie hatte man sich das gedacht, um diese Zeit ging er seiner Arbeit nach. Und dann soweit vor der Stadt. Wenn er nicht irrte, kannte man Hallrover als abgelegenes, kleines Nest mit nur etwa fünfzig Einwohnern. Thoralf wohnte erst seit eineinhalb Jahren hier in Hastington. Das Gestüt war wohl der einzige Ort, wo die Leute vom Dorf arbeiteten. Gut, sie würde wissen, warum sie sich dort mit ihm treffen wollte.

Der Donnerstag rückte heran. Die Aufregung in Thoralf stieg. Er wurde von Stunde zu Stunde unruhiger. Er kleidete sich sommerlich und stieg ins Auto. In fünfzehn Minuten hatte er Hallrover erreicht. Der Ort lag wie ausgestorben vor ihm in einem kleinen Tal. Schon bald entdeckte er das Gestüt. Je näher er kam, umso besser erkannte er die Silhouette Veronikas. Sie saß splitternackt auf einem Apfelschimmel und schaute ihm entgegen. Sie lächelte. Er stellte seinen Wagen neben den ihren und erwartete ihre Anweisungen. Ohne ein Wort zu verlieren, machte sie ihm klar, sich genauso wie sie zu entkleiden. Thoralf zögerte. Er wusste, dass sein Glied sich bereits in der Hose abzeichnete. Sie wartete. Da zog er zuerst sein T-Shirt, dann die Hose und Unterhose zugleich aus und stand in seiner ganzen Männlichkeit vor ihr. Veronika bedeutete ihm wortlos, zu ihr aufs Pferd zu steigen. Thoralf hatte noch nie auf einem Pferd gesessen. Wie sollte er dessen Rücken erklimmen? Vor allem, ohne sich mit seinem erigierten Glied dabei zu verletzen. Es gab in der Nähe einen umgestürzten Baum, der eine schiefe Ebene zum Erdboden bildete. Veronika dirigierte das Pferd in dessen Nähe. Thoralf hatte sofort begriffen. Er sprang auf den liegenden Stamm, lief darauf empor und sprang hinter Veronika auf das Pferd. Dabei drückte er sein Glied mit der linken Hand gegen seinen Bauch, um Schaden zu vermeiden. Jetzt stand es aufrecht, genau zwischen ihr und ihm. Thoralf umfasste sie und presste sie leidenschaftlich an sich. Sie ließ es geschehen, während sie mit ihm auf dem Pferd davonstürmte. Er beugte sich nach vorn und küsste sie auf Hals und Wange.

Aus einem langen Trab verfiel der Schimmel in einen langsamen Gang, von Veronika geleitet. Sie begann, Thoralf zu reizen, zu animieren. Ungemein geschickt erhob sie sich vom Rücken des Pferdes, indem sie ihre Beine nach hinten anwinkelte, die Füße in dafür vorgesehene Laschen an den Pferdeflanken steckte, sodass sie ihre Vagina nach hinten recken und Thoralf darbieten konnte. Thoralf wurde fast wahnsinnig. Er hatte solche Mühe, sich auf dem Hengst zu halten und konnte sich nicht satt sehen an dieser wunderbaren Rosette, die ihm da zum Vernaschen entgegengehalten wurde. Da er noch nicht wusste, wie es ihm gelingen sollte sich emporzustemmen, um in sie eindringen zu können, legte er vorsichtig und ganz zart seinen rechten Mittelfinger an ihre Vagina. Sie war warm und feucht. Da führte er ihr den Finger ein und begann ihn zu bewegen. Sie blickte kurz nach hinten. Sie konnte sich nicht mehr lange in dieser Stellung halten. Er musste handeln. Sie deutete mit dem Finger nach unten in Richtung Oberschenkel des Pferdes.

Da gab es auch für ihn Laschen, in die seine nackten Füße passten. Thoralf schlüpfte mit dem Finger aus ihr heraus, um sich festhalten zu können und gab sich alle Mühe, die Halterungen zu erreichen. Es gelang. Thoralf erhob sich leicht vom Pferderücken und bekam so seinen Penis frei. Sein Herz war am Herausspringen. Er atmete hastig und begann zu zittern, als er das aufs äußerste gespannte Glied, so vorsichtig es ihm möglich war, an ihre geöffnete Spalte führte. Beim Eindringen stießen beide einen vor Geilheit sirrenden Schrei aus. Er bewegte sich nur drei Mal in ihr, dann verharrte er. Es machte sich eine Angst in ihm breit, dass sie bei gleichzeitigem Erreichen des Orgasmus vom Pferd stürzen könnten. Sie musste das Gleiche denken und ließ den Hengst stehen. Das kluge Tier hielt genau wieder an dem gefallenen Baum. Thoralf löste sich achtsam von Veronika, stieg taumelnd ab und hob sie herunter. Er legte sie ins Gras und gab ihr sein Glied, das nicht an Steife verloren hatte. Nach wenigen Sekunden war der Akt in inniger Umarmung vollzogen. Thoralf und Veronika kosteten ihre Umklammerung diesmal leidenschaftlich aus. Sie wollten gemeinsam einschlafen.

Als er erwachte, war sie verschwunden. Kein Pferd, kein Auto, keine Veronika. Er erhob sich, zog seine Kleider an und fuhr zurück zur Stadt, in sein Apartment.
Warum hatte sie ihn einfach im Gras liegenlassen? Wie würden sich die nächsten Treffen gestalten? Er zündete sich eine Zigarette an, was er schon lange nicht mehr getan hatte, schenkte sich einen Manhattan ein und ließ sich in den tiefen, bequemen Ledersessel fallen. So nahe war er ihr noch nie gewesen. So lange, eng umschlungen, es kam ihm vor wie ein Traum, den er nie wieder träumen würde. Sollte er recht behalten? Oder würde ab sofort alles anders sein zwischen ihnen? Thoralf spürte noch immer eine starke Müdigkeit. Oder wieder. Er konnte es nicht verhindern, dass er im Sessel einschlief. Den Freitag hatte er als freien Tag genommen. Und so wankte er gegen Morgen, kurz vor

16

fünf Uhr, vom Sessel in Richtung Küche und wäre fast noch zu Fall gekommen, denn ein Krampf hatte sich während der ersten Schritte seines linken Oberschenkels bemächtigt. Ein plötzlicher Höllenschmerz ließ ihn in die Knie sinken.

Es klingelte an der Wohnungstür. Thoralf kam nicht schnell genug zum Türöffner. Wer erlaubte sich die Unverschämtheit, ihn bereits zu so früher Stunde aus dem Bett zu holen? Das Klingelzeichen ertönte nur einmal. Niemand stand vor der Tür, niemand kam die Treppe herauf. Thoralf wohnte im zweiten Stock, und so hinkte er die wenigen Stufen hinunter bis zum Briefkasten. Ein Couvert von „Creatuspeople" war eingeworfen worden. So schnell nach der letzten Begegnung mit Veronika? Oder lag ein anderer Grund vor, ihn zu kontaktieren? Die Neugier überwand den Schmerz. Thoralf konnte es nicht erwarten, die Nachricht zu lesen, nahm auf dem Rückweg den Lift und riss hastig den Umschlag auf. Dabei fiel ein zweiter heraus. Ein hellgrünes, kleines Couvert mit einem dunkelgrünen Ginkgoblatt im linken oberen Eck. Oh, das musste ein persönlicher Brief von Veronika sein. Nun wollte er ihn doch in Ruhe lesen, lechzte nach einer Zigarette und nahm gespannt noch einmal in seinem Schlafsessel Platz. Ohne Anrede standen nur wenige Worte geschrieben: „Wir müssen uns unbedingt sehen. Wenn du kommen kannst, würde ich heute Nachmittag gegen 17 Uhr im Lambertpark am kleinen Felsen auf dich warten, Veronika."

Thoralf war verwirrt. Er sehnte den Nachmittag herbei und begann, sich mit dem Verrichten unsinniger Kleinigkeiten in der Wohnung zu beschäftigen.

Bereits eine halbe Stunde vor der vorgeschlagenen Zeit lief Thoralf unruhig am kleinen Felsen auf und ab. In einem

dunkelgrünen, mit zarten weißen Blüten bedruckten Sommerkleid stand sie plötzlich vor ihm. Veronika. „Wir werden uns nicht wieder sehen“, sagte sie ernst und gab ihm einen kurzen Kuss und ein hellgrünes, kleines Couvert. „Eine kleine Erinnerung an mich.“
Damit war sie verschwunden. Thoralf öffnete ratlos das Couvert und hielt Veronikas brillantenbesetztes Fußkettchen in der Hand.

Abseits der Zufriedenheit

Sie war eigentlich soweit zufrieden. Ja, soweit zufrieden, mit ihrem Leben.

Das ließ alles offen. Ihr Leben lief in geregelten Bahnen. Sie hatte einen Mann, zwei erwachsene Kinder, sie hatte einen Beruf, eine Arbeit und mit Dietrich gemeinsam ein Haus. Sie hatten es damals gekauft, nachdem die beiden Kinder geboren waren. Dietrich verdiente so viel, dass sie sich das Haus leisten konnten. Dreimal im Jahr fuhren sie in den Urlaub, vor zwei Jahren wurde ein Wohnwagen angeschafft. Sie liebten Italien. Dahin zog es sie. Und dahin würden sie nun wenigstens einmal im Jahr mit dem Gefährt reisen. Sie schlief dreimal im Monat mit ihrem Mann. Ob das in ihrem Alter die Norm war, wusste sie nicht. Und sie wollte es auch nicht wissen.

Tatjana, eine Frau Ende vierzig, stand mitten im Leben. Es war alles organisiert, der Tagesablauf weitgehend der gleiche. Zweimal im Monat gingen sie ins Theater. Die Stücke suchte sie aus, Dietrich ließ sie entscheiden. Er ging mit.

Zweimal im Monat gingen sie essen, einmal zum Vietnamesen, einmal zum Italiener. Ein Wein – ein Menü für Zwei – ein Wein. Schweigen. Die Kinder aus dem Haus. Enkelkinder? Dietrich fragte nicht danach, sie hatte die Hoffnung längst verloren, jemals Großmutter zu werden. Alle vierzehn Tage kamen abwechselnd die Kinder, einmal im Monat fuhren Dietrich und Tatjana zu ihnen. Abwechselnd.

Es gab Freunde. Dietrich hatte Bernhard und Ben. Mit Bernhard spielte er hin und wieder Schach, mit Ben fuhr er jeden Donnerstag zwanzig Kilometer Fahrrad. Mit Bernhard und Ben schwitzte er montags in der Sauna. Tatjana war befreundet mit

Annett, Christine, Birgit und Natalie. Aber Sonja war ihre beste Freundin. Sie kannten sich, seit die Kinder klein waren. Sie vertrauten einander, sie würden füreinander durchs Feuer gehen. Sonja wohnte dreizehn Kilometer von Dornschmidts entfernt. Tatjana und Sonja gingen ebenfalls montags in die Sauna, natürlich in eine andere, zuvor Spinning® und ein wenig Kraft. Bauch, Beine, Po, das Pflichtprogramm eben. Nach der Sauna tranken sie in der kleinen Bar nebenan noch ein Glas Sekt und ließen sich dann von Ingolf, Sonjas Mann, abholen. Ingolf brachte Tatjana nach Hause, gemeinsam mit Sonja, sagte Dietrich kurz guten Abend. Zu den anderen Freundinnen unterhielt sie eine sporadische Verbindung. Man rief sich an, man half sich, man ging auch mal gemeinsam ins Kino. Jedoch mit Sonja redete Tatjana über alles. Über fast alles.

Aber Tatjana war ja soweit mit ihrem Leben zufrieden. Dreimal im Monat hatte sie Sex mit Dietrich. Das Ergebnis war zufriedenstellend, Dietrich genügte es. Dietrich war vierzehn Jahre älter als Tatjana. Er war einfach gestrickt, einfach zu befriedigen. Dietrich steckte seine Kraft in seine Arbeit. Er arbeitete als leitender Ingenieur bei Reimann & Klose, einem gut gehenden Unternehmen, das Baumaschinen produzierte. Dietrich war mit seinem Leben sehr zufrieden. Ihm genügte es, so wie es war, sein Leben. Ihm genügte es, dreimal im Monat mit seiner Frau zu schlafen. Das reichte ihm. Tatjana, seiner Frau, reichte es nicht.

Seit zwei Jahren gespensterte der Gedanke in ihrem sonst so braven Hirn, einmal aus der Monotonie auszubrechen. Dietrich war ihr erster Mann. Vor Dietrich hatte Tatjana keine Männerbekanntschaften. Eine kurze Affäre mit einem jungen Studenten. Wie gesagt, vor Dietrichs Zeit. Es blieb nur eine

Affäre. Der junge Mann hatte sehr schnell die Nase voll. Tatjana war viel zu prüde erzogen worden. Sie war sozusagen fast noch Jungfrau und doch schon altbacken, als sie mit dreiundzwanzig Dietrich traf, er siebenunddreißigjährig, kurz vor Abschluss seines Ingenieurstudiums. Dietrich fand Tatjana nicht altbacken. Sie gefiel ihm so, wie sie war. Dietrich wollte eine Frau, die einer geregelten Arbeit nachging, ein, höchstens zwei Kinder, vielleicht drei, die nach deren Geburt jeweils drei Jahre zu Hause bleiben und neben der Erziehung der Kinder für ihn, Dietrich, kochen würde. Er war klug genug, diese Vorstellung von einem erfüllten Familienleben niemals auszuplaudern. Er verstellte sich bravourös.

Recht bald kam das erste Kind, Nina. Die Fliege klebte im Netz der Spinne und merkte es nicht einmal. Gleich ein Jahr später wurde Sören geboren. Tatjana liebte ihre Familie, liebte die Kinder. Entsprach Dietrichs Vorstellungen. Liebte Dietrich. Anfangs fünf-, jetzt dreimal im Monat. Es war nichts Spektakuläres, was sich im gemeinsamen Bett zutrug. Sie kannte nichts anderes. Dietrich hielt sich für einen begehrenswerten Mann. Tatjana würde, wenn er es ihr gesagt hätte, wohl zugestimmt haben. Sie hatte einen Mann, sie hatte Sex. Alles gut.

Bis – ja bis sie sich traute, mit Sonja darüber zu reden. Sie zu fragen, ob es noch etwas anderes gäbe. Ob die Frauen im Fernsehen logen, wenn sie beim Sex stöhnten. Sie mussten lügen, Tatjana stöhnte nie. Sonja war bestürzt. Sie hatte bis dahin geglaubt, ihre beste Freundin sei eine glückliche Frau. Tatjana wirkte immer ausgeglichen, sie zeigte sich fröhlich, machte Späße, wenn sie sich sahen, wirkte sie gelöst. Eben glücklich. Sie brauchten nicht über Sex zu reden. Wozu auch, jede von ihnen hatte einen perfekten Mann.

Dann bat Tatjana eines Tages im Mai, die Biergartensaison hatte gerade begonnen, um ein Treffen. Nun saßen sie im Garten vom Café Langhals. Ein schöner Vormittag, Tatjana nutzte einen freien Tag, Sonja befand sich gerade im Krankenstand. Tatjana fragte Sonja mit niedergeschlagenen Augen, ob sie noch etwas anderes kenne als Hinein – Heraus – Hinein – Heraus und Fertig.

Dann blickte sie Sonja genau in die Augen und verlangte eine genaue, ehrliche Antwort. Sonja schluckte und setzte sich neben sie. „Tatjana, wann könntest du für zwei Tage wegfahren – verreisen? Mit mir." Die Freundin sah sie verständnislos an. Sonja wiederholte ihre Frage. Und Tatjana sagte zu. Sie verabredeten einen Termin.

Sie traten die Reise ins Ungewisse, für Tatjana, mit Sonjas Wagen an. Jede mit Reiserolli, Beautycase und großer Schultertasche. Dietrich war überrascht aber ohne Argwohn.

Also los im Sauseschritt. Raus aus der Stadt, weg von dem Trubel. Als sie die Landstraße unter sich fühlten und grüne Auen links und rechts sahen, stellte Tatjana ihre Fragen.

„Ich werde dich entführen", antwortete Sonja, „in eine Welt, die du bisher noch nicht kennst. Du wirst dich wohlfühlen, du wirst Tränen weinen, wenn wir Abschied nehmen müssen. Doch stell mir bitte keine Fragen mehr. Lass dich einfach auf ein Abenteuer ein." Tatjana lächelte und schloss die Augen.

„Wie lange fahren wir?" „Etwa zwei Stunden."

Das Reiseziel war eine alte Bockwindmühle mit Nebengebäuden, die einsam und allein ein großes Feld- und Wiesenland beherrschte. Sie wurde seit vielen Jahren nicht mehr zum Mahlen von Korn genutzt. Ein Flügel war abgebrochen und in einfachster Form durch neues Holz ersetzt worden. Im Laufe der

Jahre hatte sich niederes Buschwerk angesamt, Flieder und Holunder waren ungebändigt in den Himmel gewachsen, und erst in weiter Ferne sah man Äcker mit Getreide und Rüben sowie die Häuser eines kleinen Dorfes.

Flache, barackenähnliche Gebäude umkreisten in einiger Entfernung die Mühle. Zwei waren puristisch, in einfachem Stil errichtet und schienen nichts weiter als Schlafräume und Nasszellen zu bergen. Eines der Häuser musste die Verwaltung sein, ein zweites, das auch einzeln stand, ein Restaurant oder Café. Die Mühle aber schien gut erhalten, zumindest hatte sie von außen den Anschein.

Tatjana fragte sich, was sie hier solle. Doch sie fragte Sonja nicht, ließ alles geschehen. Sonja ließ die Freundin kurz in der Nähe der Mühle stehen und meldete beide im Verwaltungsgebäude an. Dann steuerten sie auf eine der Baracken zu und zogen in ein gemeinsames Zimmer ein. Tatjana hatte auf dem Parkplatz zwei Autos registriert, als sie ankamen. Also mussten sie ja fast allein hier sein. Es war nachmittags, 17 Uhr. Wo hielten sich die anderen Gäste oder Teilnehmer auf? Die Betten standen nebeneinander wie Ehebetten, eine Garderobe, ein Flachschrank, je ein kleines, rundes Tischchen am Bett. Sonja und Tatjana stellten das Gepäck ab und gingen hinüber in das Restaurant, einen Kaffee trinken. Im Innenraum saßen lediglich zwei Männer, die die eintretenden Frauen keines Blickes würdigten.

Eine weibliche Bedienung brachte Kaffee und zwei Törtchen. Tatjana war ziemlich aufgeregt. Sie konnte nicht stillsitzen. Sie hielt die Spannung nicht aus.

„Sonja, was passiert hier, sag es mir!" „In einer Stunde sind wir dran", sagte Sonja leise, „trink deinen Kaffee und freue dich auf das, was kommt."

Als die Freundinnen in ihr Zimmer zurückkamen, lag auf jedem Bett sehr erotische Unterwäsche, für die blonde Tatjana in ganz hellem Creme, für Sonja, die fast schwarzes Haar trug, auberginefarben. Dazu hingen an der Garderobe zwei farblich passende Seidenmäntelchen, darunter mattsilberne High Heels. Tatjana erschrak: „Was soll das werden?" Sonja lächelte: „Die Dusche ist dort, hinter dem Vorhang." Tatjana entledigte sich zögernd ihrer Garderobe, nahm die für sie bestimmten Dessous mit und schlüpfte hinter den Vorhang. Das knappe, cremefarbene Etwas stand ihr sehr gut und ließ sie sehr sexy erscheinen. Als sie wieder ins Zimmer trat, standen auf einem der runden Tischchen zwei gefüllte Sektkelche. Sonja bewegte sich federnd in Richtung Dusche und säuselte: „Warte bis ich wieder hier bin." Bei Sonja musste bereits eine gewisse Gewöhnung vonstattengegangen sein, denn sie kam sehr schnell aus der Duschkabine zurück, strahlend schön, in auberginefarbenen Dessous. Sie reichte Tatjana ein Glas, stieß mit ihr an und küsste sie innig auf den Mund. Tatjana wäre fast das Sektglas aus der Hand gefallen. Doch der Kuss hatte sie angenehm erregt. Das prickelnde Getränk tat sein Übriges.

Beide zogen die Seidenmäntelchen über und bewegten sich langsam hinüber zur Mühle.

Tatjanas Herz begann zu klopfen. Sie war so angespannt und erregt, dass ihr das Gehen in den High Heels schwerfiel. Inzwischen standen vier Pkw auf dem Parkplatz.

Während die Frauen die Holzstufen zur Mühle emporstiegen, vernahmen sie leise Musik. Es war ein feiner Blues. Die Tür ließ sich nur mittels der Schlüsselkarte ihres Zimmers öffnen. Aus dem Inneren strömte der Geruch von Opiumstäbchen. Ein finsterer Raum, nur erhellt durch drei rote Lämpchen. Es glitzerte rundum an den Wänden. Das musste Stoff sein. Eine bizarre, schmiedeeiserne männliche Figur mit riesigen, petrolfarbenen Straußenfedern auf dem Kopf, nackt, sehr lebensnah, fungierte als stummer Diener und „befahl" den Freundinnen, ihre Mäntelchen auf seinem Arm abzulegen. Eine zweite Figur, die eine grazile Frau darstellte, ebenfalls mit wallenden Straußenfedern in Blutrot, hielt ein Tablett, darauf zwei Glasschalen, gefüllt mit einem Eisdampf verströmenden, dunkelgrünen Getränk. Ein kleines blinkendes Schildchen wies sie an, die Gläser zu leeren und die hölzerne, mit Spiegelglas verkleidete Treppe nach oben zu steigen.

Die Musik hatte sich gewandelt. Die Töne wurden dramatisch und zornig. Die beiden Freundinnen hatten bis dahin kein Wort von sich gegeben. Tatjanas Herz raste, als sie die Treppe vor Sonja emporstieg. Oben empfing sie ein schwarzer Vorhang, den sie nur auseinanderzuschieben brauchte. Tatjana trat ein, Sonja folgte ihr. Der Raum war schwarz wie die Nacht, der Opiumgeruch so betörend, dass es Tatjana leicht schwindelte. Als sie versuchte, irgendwo Halt zu finden, hielten sie zwei Arme, von denen sie nicht wusste, wem sie gehörten. Das beunruhigte sie und regte sie gleichzeitig an. In der nächsten Sekunde wurde sie zu Boden gelegt. Sie fühlte unter sich ein weiches Fell.

Irgendetwas griff nach ihren Beinen. Man legte ihr so etwas wie Fesseln an, erst an den Fuß-, dann an den Handgelenken. Zwei Hände glitten an ihrem Körper entlang, streichelten zuerst den Hals und das Dekolleté, bewegten sich zärtlich zu ihrem Busen und öffneten den Büstenhalter. Sie massierten die Brüste mit sanftem Druck und einem erotisierenden Gel, das ihr Schweißperlen auf die Stirn trieb und ein beginnendes Stöhnen entlockte. Tatjanas Klitoris begann zu zucken, noch bevor diese herrlichen Hände dort unten angekommen waren.

Doch die herrlichen Hände landeten nicht in ihrem Schoß. Während sie dorthin unterwegs waren, wurde Tatjana plötzlich ganz langsam an den Beinen nach oben gezogen, so lange, bis sie völlig in der Luft hing. Tatjana schrie, sie zappelte, es half ihr nichts. In völliger Dunkelheit wurde sie meterhoch in die Höhe gezogen und dann kopfüber hängengelassen.

Tatjana schien ohne Bewusstsein, doch sie schwieg in ihrer misslichen Lage und überlegte, was jetzt kommen würde. Ihre Beine hingen gespreizt, die Arme ebenfalls. Nach gefühlten Sekunden der vollkommenen Ruhe lief ihr plötzlich eine kühle Flüssigkeit auf die Vagina und von dort über den gesamten Leib bis zum Hals, es spritzte ihr ins Gesicht, einiges traf ihren Mund, es war Sekt. Ihr Haar wurde nass. Sie leckte sich den vorbeifließenden Sekt in den Mund, was sollte sie machen, es lenkte sie ab. Das Rinnsal versiegte. Plötzlich erstarb ihr ein Schrei im Hals. Eine Zunge leckte ihr die Reste der prickelnden Flüssigkeit vom Körper. Sie begann oben an ihrer Scham, umspielte die Klitoris, bewegte sich weiter über den Bauch, hin zu den Brüsten. Tatjana winselte, in ihrem Kopf war es heiß, das hineingelaufene Blut pochte in den Schläfen, der Sekt, der jetzt wieder lief, betäubte sie, und die Zunge erzeugte eine so starke Lust in ihr, dass sie am liebsten geschrien hätte.

Doch sie konnte nicht schreien. Die Zunge war an ihrem Mund angekommen. Ein Mund küsste sie, wie sie noch niemals geküsst wurde, zwei Arme umschlangen sie, und sie konnte einen Aufschrei nicht unterdrücken, als ein Penis vorsichtig in sie eindrang. Sobald sie ihn tief in sich spürte, hatte sie das Gefühl,

26

aus der hängenden Position heruntergelassen zu werden. Und mit ihr der männliche Körper, der sie in den Armen hielt und geschlechtlich mit ihr vereint war. Tatjana täuschte sich nicht.

Nach etwa 20 Sekunden lag sie auf weichem Boden und der Mann, den sie nicht sah, auf ihr. Sie schliefen miteinander wie sie es bisher noch nie erleben durfte. Sie genoss die nie gekannte Zärtlichkeit, die sie ob der Finsternis und dem betäubenden Duft um sie her, umso intensiver empfand. Sie schwebte und genoss. Sie genoss den Mann, der ihr alles gab, was sie so viele Jahre vermisst hatte. Sie erlebte ihren Orgasmus wie in einem Märchen aus tausendundeiner Nacht. Und sobald sie ihn erlebt hatte, löste sich der Mund von ihrem Mund und der männliche Körper war verschwunden. Eine unsichtbare Hand fasste nach der ihren und zog sie vorsichtig hoch in den Stand, legte ihr den Seidenmantel um und führte sie durch den schwarzen Vorhang zur Spiegeltreppe. Vom unteren Raum her wurde ihr auf der Treppe eine Hand gereicht, mit deren Hilfe es ihr gelang, wieder auf ebener Erde anzukommen. Langsam gewöhnten sich ihre Augen wieder an das gedämpfte rote Licht.

Und da stand auch Sonja im auberginefarbenen Mäntelchen. Die Freundinnen fielen sich in die Arme, fassten sich bei den Händen und verließen die Mühle in Richtung Unterkunft. Sonja fragte Tatjana: „Nun, liebste Tanja, wie war es?" Tatjana antwortete schluchzend: „Es war der Himmel, und ich weiß jetzt, was ich zu tun habe." Sie erreichten ihr Zimmer und fielen in einen tiefen Schlaf.

Der Morgen graute noch nicht, als Tatjana die Augen öffnete und hinüber zu Sonjas Bett blickte. Die Freundin beobachtete sie schon lange, wollte sie aber nicht aufwecken. Bevor Tatjana ein Wort hervorbrachte, spürte sie Sonjas Hand zwischen ihren

Beinen. „Nein, Son…", ein „Pst" unterbrach Tatjanas Einwand. Sonjas Zeigefinger der freien Hand hatte sich auf den geöffneten Mund gelegt, während zwei Finger der anderen sanft über Tatjanas Klitoris strichen. Sie nahm ihren Zeigefinger erst von Tatjanas Mund, als sie ein zischendes Stöhnen vernahm und führte den rechten Mittelfinger zärtlich in sie ein. Tatjana hatte längst die Beine gespreizt, hob und senkte ihren Körper, um Sonjas Finger noch tiefer in sich zu spüren. Aber Sonja zog am Schnürband ihres Mantels und zeigte sich der Freundin nackt und erregt. Sie ließ sich zu ihr herunter und bedeckte Tatjanas Vagina mit der ihren. Sie rieb sich an ihr, bis ihre erigierte Klitoris die von Tatjana mit einem Schrei zum Überlaufen brachte.

Sonja atmete tief und ruhig. Sie hatte die Bettdecke bis zu den Schultern hochgezogen und sich hinüber zur Wand gedreht.

Tatjana schlief nicht. Sie lag auf dem Rücken und starrte an die tiefschwarze Decke. Was war heute bloß alles passiert. Sie hatte mit ganz anderen Begebenheiten gerechnet als ihr hier begegnet waren. Tatjana kam sich vor wie ein anderer Mensch. Als hätte sie in diesem Bett eine unendlich lange Nacht verbracht und nicht enden wollende Träume erlebt.

Denn woran sie sich erinnerte, das konnte nicht in Wirklichkeit passiert sein.

Sonja lag unschuldig neben ihr, ihr selbst blieb der ersehnte Schlaf versagt.

Tatjana musste hinaus in die schwarze Nacht. Geräuschlos verließ sie das Bett, wechselte das zerknitterte Mäntelchen mit ihrem Nachthemd und zog ein mitgebrachtes Jäckchen darüber. Draußen empfing sie Grabesstille. Der Mond war als zarte Sichel zu erkennen, und die Mühle, die vor ein paar Stunden noch vor Erotik knisterte, stand als schwarzer, drohender Klotz vor dem

Feld. Tatjana winkelte die Arme an und schob die Hände fröstelnd unter die Achseln. Was wollte sie denn hier draußen? Unentschlossen starrte sie vor sich hin.

Da gewahrte sie, wie aus dem Nichts gekommen, einen blassen Lichtschein an oder in der Mühle. Ein leichter Schauder lief ihr über den Rücken. Sie musste dorthin, wo sie das Licht vermutete. Von der Geburt des Morgenrotes war noch nichts zu sehen. Also tastete sich Tatjana vorsichtig durch die Finsternis. Der matte Schein kam aus der Mühle, und je näher sie der Treppe kam, umso rötlicher färbte er sich. Tatjana hatte nichts bei sich, weder den Schlüssel zu ihrem Zimmer, noch eine Taschenlampe und schon gar nicht ihr Handy. Doch sie verspürte den Drang, da hineinzugehen.

Tatjana nahm allen Mut zusammen und öffnete die Tür. Eine spärliche, rötliche Beleuchtung und Totenstille flößten ihr Angst ein und machten sie ebenso neugierig. Tatjana vergaß die Tür zu schließen und kletterte die bekannte Treppe hinauf. Niemand war zu sehen, niemand empfing sie, doch als die Stufen in die obere Ebene mündeten, vernahm sie leise, sehr beruhigende Musik. Eine gestern nicht dagewesene Flügeltür öffnete sich, und entließ sie in eine völlige Finsternis. Sie stand bewegungslos und voller Anspannung im dunklen Raum und hörte ihren Herzschlag. Ein leiser Windzug wehte ihr die Kleider vom Leib. Tatjana kniff die Augen zusammen und versuchte, etwas zu sehen. Ohne Erfolg. Sie griff irritiert in die Luft, suchte nach einem Halt.

War das ein Baum mit einem glatten Stamm oder eine Stange, die ihre Hände auffing? Endlich bekam sie die Balance wieder. Ehe Tatjana einen Gedanken fassen konnte, rieselte, wie aus einer Dusche, angenehm warmes Wasser über ihren Körper. Ein duftender Schaum lief ihr über die Haut und drang in alle Poren.

Tatjana gluckste vor Erregung. Plötzlich hatte sie das Gefühl, als würden zwei Hände den Schaum mit unglaublich weichen Bewegungen einmassieren. Eine Gänsehaut überkam sie von der Kopfhaut bis zu den Zehenspitzen. Mit jeder unsichtbaren Berührung fühlte sie ihre Erregung steigen. Tatjana wusste nicht, wie ihr geschah. Wie in einem Taumel erlebte sie alles, was mit ihr passierte. In rhythmischen Schwingungen ihres Beckens labte sie sich am Zauber des Nichts.

Der Wasserschauer setzte wieder ein und schwemmte die schäumenden Bläschen davon. Tatjana spürte eine angenehme Müdigkeit. Doch der erotisierende Zauber entließ sie nicht in den Schlaf. Ihr war nicht aufgefallen, dass die leisen Töne verklungen waren und von tiefen Bassklängen abgelöst wurden.

Sie kamen zusammen mit einem warmen Wind, der Tatjanas Haut durch zärtliches Umspielen trocknete. Immer kräftiger umwehten sie seine Böen, fast peitschend zog er über ihren Rücken, ließ sie einen leisen Schmerz empfinden. Tatjana war mit allen Sinnen aufgewühlt. Sie wollte mehr davon, spreizte die Beine und krallte sich in ihre Halterung. Doch die Böen verloren an Kraft und liebkosten wie ein leises Lüftchen ihr Geschlecht. Wieder und immer wieder durchschaukelten sanfte Wellen das Tal der Venus, massierten kaum spürbar Tatjanas Vagina, türmten sich als Wellenberge hoch auf und drangen in sie ein, bis sie laut ihren Orgasmus herausschrie. Alles ebbte langsam ab und ließ Tatjana in einen tiefen Schlaf sinken. Als sie daraus erwachte, lag sie im Bett neben Sonja und bat sie, für das nächste Wochenende wieder in der Mühle zu buchen.

Der Wandertürmer

Sie kannte den Türmer von Bertholdsburg. Eigentlich kannte sie ihn nicht. Sie hatte nur kurz sein Gesicht gesehen und – sich sofort unsterblich verliebt. Genau vor zwölf Tagen las sie in der örtlichen Presse, dass es wieder öffentliche Besteigungen der Zwillingstürme der Marktkirche geben würde. Margit lebte seit sieben Jahren in Bertholdsburg, hatte es aber noch nicht fertiggebracht, einmal die 174 Stufen bis zur Kuppel der Türme zu überwinden. Das heißt, 174 Stufen musste man bewältigen, um bis zur Spitze des Martinsturmes zu gelangen, genau die gleiche Anzahl brachte einen vom Wilfriedsturm wieder hinunter auf den Markt. Die Zwillinge verband die gebogene Brücke, die den Zwischenraum frei überspannte, und bei deren Anblick einem unten auf den großen Marmorsteinen der Marktfläche schwindlig wurde.

Die erste Begehung war für den kommenden Samstag angesagt, es würde Himmel und Menschen am Fuße der Türme geben, doch Margit wollte unbedingt unter den ersten sein. Also rief sie Suse an, ihre beste Freundin, die sofort Feuer und Flamme war. Der Aufstieg über die steinerne Wendeltreppe gestaltete sich sehr zeitaufwendig, da der riesige Besucherstrom nur im Schneckentempo vorwärts kam. Alle halben Stunden ließ die Fremdenführerin zwanzig Personen zur Besteigung ein. Mehr Menschen durften sich oben in den Turmkuppeln nicht aufhalten.

Nach eineinhalb Stunden Wartezeit konnten die Freundinnen gerade noch mit hineinschlüpfen. Auch in den Türmen gab es so etwas wie Etagen. Die Wendeltreppe wurde durch kleine Plattformen unterbrochen, die den Weg freigaben in das Innere des alten Gemäuers. In der Regel langte man innerhalb von zehn Minuten oben im Kuppelraum des Martinsturmes an. Es gab nur die eine Version: aufwärts durch den Martinsturm und durch den Wilfriedsturm wieder hinunter. Margit und Suse hatten die Hälfte der Steinstufen überwunden, da flüsterte eine ältere Frau ihrer Nachfolgerin zu: „Haben Sie den Türmer gesehen? Drüben im Wilfriedsturm lief er gerade an einem der Fenster vorbei." Margit tastete mit den Augen alle Turmfenster nacheinander ab. Das gestaltete sich einfach, angesichts der Tatsache, dass die Baumeister nur ein Fenster pro Etage in Richtung des gegenüberliegenden Zwillingsturmes eingesetzt hatten. Da sah sie sein Gesicht. Leider nur im Profil und nur ganz kurz. Margit unterbrach den Aufstieg und presste sich in die Fensternische. Hinter ihr gab es Gemurmel und ein leichtes Gedränge. Ihr Hinterteil blockierte den Durchfluss. Sie hielt die Luft an, zog es ein und machte den Weg frei. Da war der Kopf des Türmers wieder. Eine Etage tiefer.

Margit hatte von ihrem Vater das Imitieren von Vogelstimmen gelernt. Blitzschnell pfiff sie wie ein Falke. Es half. Der Türmer, der das Fenster schon passiert hatte und sich schnellen Schrittes bereits auf der ersten Stufe zum nächstniedrigen Stockwerk befand, kam hastig zurück, riss den Flügel auf und schickte einen verwunderten Blick gen Himmel. Die Umgebung der Marktkirche hatte seit zwei Jahren keines Falken Besuch empfangen. Der Türmer verharrte suchend einige Sekunden, die Margit in Verzückung versetzten. So ein Typ Mann war ihr noch nicht begegnet. Etwas kantige Gesichtszüge lagen unter leicht gebräunter Haut, dunkle, schöne Augen suchten die Wolkenformation ab, die sich zwischen den Türmen dahinbewegte, und plötzlich stieß sein Mund den gleichen Schrei aus, wie er ihn von Margit vernommen hatte. Blitzschnell verließ sie das Fenster und verbarg sich im Inneren des Turmes.

Sie befand sich allein auf der Plattform, über ihr waren verhaltene Stimmen zu hören. Die Freundin schien nichts von Margits Fernbleiben bemerkt zu haben und war einfach weitergestiegen. Jetzt antwortete Margit von ihrem Standort hinter der Mauer auf den Schrei des Türmers. Was würde geschehen? Sie traute sich nicht hinauszublicken. Nach einigen Sekunden wagte sie sich vorsichtig hervor und sah flüchtig hinaus, der Türmer aber war verschwunden. Schade, dachte sie und begab sich zur Treppe, die nach oben führte. Margit erschrak heftig, als ihr auf der nächsten Plattform der Türmer entgegengestürzt kam, sie überholend, sich noch einmal umblickte, um sie zu fragen, ob hier gerade ein Falke durchgeflogen wäre. Margit schüttelte heftig den Kopf und stieg hinauf.

Suse wollte gerade nach ihr Ausschau halten. Als sie von Margits Erlebnis erfuhr, flüsterte sie: „Das ist Vorsehung. Du wirst ihn wiedersehen." Wiedersehen … aber wann? Sie müsste allein noch einmal hier hinauf und ihn durch den Ruf des Falken anlocken. Und dann? Sie malte sich aus, wie er sie herunterputzen und beschimpfen würde, anstatt ihre Fähigkeit zu bewundern. Nein, sie verwarf die Idee. Dieses Bild von einem Mann hatte sie ja noch nicht einmal angeschaut! Vielleicht hatte er ja auch eine Frau. Wo wohnte er überhaupt? Es wird ja behauptet, dass die Türmer in den obersten Etagen der Türme ihr Domizil haben, in einem den Wohnbereich, und die Brücke verband diesen mit dem Schlafraum im anderen Turm. Ein ziemliches Einsiedlerleben. Und in diesem Falle wären die Türme mit der verbindenden Brücke sicher auch nicht zur Besichtigung freigegeben. Wo also wohnte er? Sie mussten sich im Turm begegnen. Sie gab Suse ein Zeichen, und während die anderen achtzehn Turmtouristen mit „O" und „A" und dem Herabschauen von der Brücke beschäftigt waren, raste sie zum alten Wilfried hinüber und die Treppe hinunter.

Der Türmer hatte sicher inzwischen den Ausgang und die Straße erreicht. Suse sollte das von der Brücke aus beobachten. Margit lief so schnell sie konnte ohne anzuhalten und warf vom obersten Stockwerk einen Blick aus dem Fenster, der durch die Stimme des Falken gekrönt wurde. Im nächsten Moment erschien der Kopf des Türmers aus dem gegenüberliegenden Fenster des Martinsturmes. Sie blickten sich beide mindestens eine Minute lang in die Augen. Dann rief der Türmer zornig: „Sie bleiben jetzt dort stehen, wo Sie sind. Und wagen Sie es nicht, sich zu entfernen!" In Margits Gesicht kehrte das Lächeln zurück. Das war mehr, als sie erwartet hatte. Wohl nach zwei Minuten war er an ihrer Seite, war im Martinsturm hinunter und im Wilfriedsturm wieder herauf gekommen. „Wie können Sie es wagen, mich derart zu veralbern! Wer sind Sie überhaupt, und wer hat Sie das Imitieren von Vogelstimmen gelehrt?" So viel auf einmal, aber Margit war nicht auf den Mund gefallen: „Wenn Sie so leicht zu täuschen sind, habe ich es doch gut gemacht. Warum reagieren Sie so boshaft. Oder wäre Ihnen eine plumpe Anmache lieber, wenn ich Sie kennenlernen möchte?" Der Türmer schwieg verlegen. Eine Seite seiner pagenkopfähnlichen Haartracht fiel ihm über das linke Auge, während er den Kopf vor Verwunderung schräg hielt. Das sichtbare Auge war ein dunkelbrauner Halbedelstein und mit einer schwarzen Braue überzogen. Die kantigen Backenknochen zuckten, und den schönen, vollen Mund hatte er überlegend zusammengezogen. Er trug ein weites, weißes Hemd ohne Kragen über einer dunkelbraunen Leinenhose, seine Füße steckten in Sandalen. Auffallend war ein smaragdgrüner Ohrstecker, gleich einer großen Perle, der in seinem linken Läppchen prangte, sowie ein steinerner Fingerring, weiß mit dunklen Sprenkeln. Margit konnte den Blick nicht von ihm lassen. Ihre Entgegnung seiner harten Worte hatte Wirkung gezeigt. Erst nach einigen Momenten, während denen er sie aufmerksam musterte, fand er seine Sprache wieder. „Komm", sagte er wesentlich ruhiger und mit weicher, sonorer Stimme, „ich will dir etwas zeigen."

Margit verschwendete keinen einzigen Gedanken an Suse und folgte dem Türmer mit hüpfendem Herzen. Er führte sie im zweiten Geschoß des Wilfriedsturmes in eine Nische, wo nur ein kleines Fenster war. Er öffnete es und winkte Margit heran. Sie gewahrte draußen vor dem Fenster einen breiten Sims, in den stetig tropfendes Wasser eine kleine Kuhle gewaschen hatte. Die Brutstätte eines außergewöhnlich schönen Taubenpaares füllte sie gerade aus. Um künftig das Regenwasser abzuleiten, hatte jemand ein kleines Dach darüber gebaut, mit einer Rinne, die das Wasser aufnahm und weg vom Nest führte. Margit war die helle Freude über das idyllische Bild anzusehen. „Kannst du noch andere Vögel nachahmen?", fragte er. „Klar", meinte Margit, „ich führ's dir vor, aber nicht hier bei den Tauben." Sie stiegen hoch bis zur Brücke. Hier oben war keine Menschenseele mehr zu sehen. Margit legte die Hände an die gespitzten Lippen und pfiff wie ein Regenpfeifer. Ein Lächeln kam auf das Gesicht des Mannes. Dann sang sie ganz genau wie eine Nachtigall und imitierte zur Freude des Türmers die Rohrdommel.

Plötzlich erschrak sie heftig: „Suse! Ich muss weg, ich hab die Freundin vergessen, die unten auf dem Markt auf mich wartet."

Margit lief grußlos zum Martinsturm hinüber, da rief ihr der Türmer nach: „Am Samstag, 14 Uhr unten am Eingang, wenn du willst." Sie nickte und raste die Treppe hinunter. Überglücklich und vollauf zufrieden. Es hatte zu dunkeln begonnen. Von Suse nichts zu sehen. Margit rief sie an und berichtete ihr übersprudelnd, was sie erreicht hatte. „Verzeih mir, Suse." Die Freundin verzieh – und freute sich mit ihr. Margit konnte nächtelang nicht schlafen.

Jeden Abend sah sie in den Spiegel und fragte sich: Hab ich das verdient? Dieses Kleinod. War sie attraktiv und sexy genug, um aus einer bloßen Begegnung mehr zu machen, als sie sich erträumen konnte? Der Spiegel im Bad fand sie makellos und schön, lobte ihre seltenen blauen Augen zum dunklen Teint. Das lange, schokobraune Haar zeigte er nicht in voller Länge, da suchte sie seinen großen Bruder im Schlafzimmer auf. Mit ihren neununddreißig Jahren zählte sie nicht mehr zu den ganz jungen Frauen, aber sie hatte eine tadellose Figur, ausreichend mit weiblichen Reizen ausgestattet und, wie sie selber fand, begehrenswert. Sie wusste es, doch der Spiegel neckte sie mit verbergender Kleidung. Margit begann, sich langsam auszuziehen und sah sich dabei mit wachsender Begierde zu. Als sie nur noch mit der goldbraunen Unterwäsche bekleidet war, unterbrach sie und ging zum Kühlschrank im Flur, um sich einen eisgekühlten Wodka einzugießen. Sie trank ihn in zwei Zügen vor dem Spiegel im Schlafzimmer, während sie mit der rechten Hand intensiv massierend über ihren Slip strich, vom Bauch hinunter zwischen die Beine und zurück. Sie stellte das Glas beiseite und lüpfte die Träger ihres Büstenhalters, bis sie über die Arme herabfielen, dann öffnete sie den kleinen Verschluss im Rücken, sodass das knappe Oberteil mit einem Satz absprang und ihre schönen

Brüste freigab. Die Warzen mit dem Vorhof waren sichtbar vergrößert und prall angefüllt. Es bereitete ihr Spaß, sie mit spitzen Fingern zu dressieren. Sie tat es ganz langsam und fühlte ihre Schamlippen anschwellen, die noch unter dem Höschen verborgen waren, aber ihren Zustand bereits erahnen ließen. Margit atmete tief und sinnlich und konnte den Blick nicht vom Spiegel wenden. Würde er ihr die Schönheit ihrer Vagina übelnehmen, wenn sie jetzt den Slip ganz langsam nach unten zieh'n und dann herausschlüpfen würde?

Sie tat es einfach, in absoluter Zeitlupe. Mit jedem Zentimeter, den ihre Hände das einstmals verhüllende Höschen über die Beine herabzogen, spürte sie ihr Herz hastiger pumpen. Was ist das für ein Wahnsinn, wenn du es dir selbst machst, dachte sie. Du nimmst einen Finger oder ein anderes Hilfsmittel, das, schlank und fein abgerundet, deine Hand führt und dahin geleitet, wo du jedes Mal aufs Neue genau weißt, welche irren Empfindungen du haben wirst. Du kannst den Höhepunkt so einrichten, dass dein Hirn schon fast abgeschaltet ist und mit den ersten orgastischen Zuckungen dein gesamter Körper völlig entkräftet in sich zusammenfällt. Völlig auf dich selbst konzentrieren ohne jemandes Egoismus dabei zu spüren. Und erst die Praktiken, die man anwenden kann. Man findet und erfindet immer neue, immer intensivere, sucht nach Gegenständen, die einem dabei helfen können, ohne dass man sich nach ihnen richten muss. Margit ließ den stöhnenden Lauten, die ihrem Mund beim Umspannen ihrer Brüste mit den Händen entsprangen, freien Lauf. Sie rieb und streichelte sie abwechselnd, die Haut kaum berührend und zwirbelte die Mamillen zwischen zwei Fingern auf. Margit, die heftig erregt war, vernahm nicht das Schlagen der Uhr an der Wand. Nicht das Quietschen der

Straßenbahn, die vor ihrem Fenster eine Kurve nahm. Ihre Klitoris war so hart geworden, dass sie einen kleinen Hügel durch den Slip sah und es sie erschauerte, wenn sie mit dem Mittelfinger darüber glitt. Jetzt war die Zeit gekommen, das letzte Stück auszuziehen. Das Höschen, von dem sie wusste, dass es bereits feucht war. Sie streifte es langsam, mit zwei gespreizten Fingern herunter, bis es die mit Gänsehaut verzierten Pobacken überwunden hatte. Dann setzte sie sich auf die vorderste Kante des Stuhles, der nahe am Spiegel stand, beugte sich etwas nach hinten und bewegte die Hände, die den Slip hielten, über die angehobenen und -gewinkelten Beine herab, so, dass sie im Siegel ihre pralle, längst geöffnete Vagina sehen konnte. Sie wurde fast wahnsinnig, das Herz schlug wie wild, und sie hatte gerade noch Zeit, mit dem Mittelfinger in den schmatzenden Spalt einzudringen und dreimal heraus- und wieder hineinzufahren. Es war soo schön. Der ganze Körper, von den Füßen bis zu den Haarwurzeln empfand während der drei Fingerstöße dieses unbeschreibliche Gefühl, das man immer und immer wieder haben wollte, das einen fast verrückt machte, so kurz vor dem Orgasmus, das einem so furchtbar gut tat und veranlasste, dass man sich ertappte, fast wie ein Tier zu sein. Margit zitterte beim dritten Mal so heftig, dass sie von der Stuhlkante rutschte, während sie hastig hechelte und ihre Stimme sich überschlug und nur noch einen heiseren Schrei herauspressen konnte. Ihre Geschlechtsöffnung zuckte befreit, und als sie vorsichtig den tropfenden Mittelfinger aus der frischen „Wunde" gezogen hatte, ließ sie sich völlig erschöpft auf das Bett fallen.
Eine kleine Lache hatte sich auf dem Polster des Stuhles gebildet, deren Existenz sie erst nach zwei Stunden gewahr wurde. So lange schlief sie, tief, sehr fest und sehr nackt.

Noch zwei Tage bis zum Samstag, zwei lange Tage, die ihr Schmerzen der Entbehrung bereiteten. Margit spürte elende Angst, das Treffen könnte durch irgendetwas vereitelt werden. Immer wieder sagte sie sich, ich werde es erleben, es wird stattfinden. In der Firma arbeitete sie verbissen an diesem neuen Projekt mit dem schönen Namen „Raphael – der Stuhl aus feinem Leder".

Samstagmorgen wurde sie unruhig. Sie wusch ihr schokobraunes Haar, föhnte es in die gewünschte Form und suchte die neuen, extrem engen Jeans heraus. Etwas Schminke mit feinem Strich ins Gesicht modelliert, den Mund mit zartem Rot getüncht. Den Finger einmal durch die Spalte gleiten lassen und das Pröbchen diskret hinterm Ohr platziert. Der smaragdgrüne Angorapulli saß perfekt, darüber die knappe Lederjacke und dem Spiegel einen Kuss gegeben. So begab sie sich ins Abenteuer, Margit, die den Türmer von Bertholdsburg verführen wollte. Und was sie einmal begonnen hatte, das brachte sie auch zu Ende. Nicht ohne Herzklopfen verließ sie das Haus.

Sie konnte den kurzen Weg bis zur Marktkirche zu Fuß gehen. Margit sah nichts links und rechts um sich. Sie produzierte nur noch Gedanken an diesen Mann. Sie sah ihn schon von weitem. Er saß in Jeans und Sommerhemd auf den Stufen zum Martinsturm und lächelte. Margit ging langsam und gespannt wie eine Sprungfeder auf ihn zu. Aus Verlegenheit sagte sie mit leichten Worten zur Begrüßung: „Wie heißt du eigentlich?" „Leonardo", antwortete er kurz. „Leonardo? Das ist ja wie im Film! Oder nimmst du mich auf die Schippe?", sie fand ihre Fassung wieder. „Nein, es ist wirklich mein Name. Doch hallo erst einmal, geht's dir gut?" Das Lächeln wich nicht aus seinem Gesicht. Margit ließ keine große Pause aufkommen: „Klar geht's mir gut. Hallo, jetzt bin ich da." Leonardo nahm sie bei der Hand. „Komm mit." Er führte sie zur Tür des Wilfriedsturmes. „Wollen wir hinauf auf die Brücke?", fragte sie verwundert und mit einer winzigen Spur von Ärger in der Stimme. Er bemerkte es, ging jedoch nicht darauf ein. Er schüttelte nur den Kopf und zog sie hinter sich in den Turm. „Folge mir einfach."

Sie liefen die Stufen bis zur ersten Plattform hinauf. Dort gab es eine Tür, die ihr beim Abstieg gar nicht aufgefallen war. Leonardo schloss sie auf und führte seine Begleiterin in die Räumlichkeiten der Marktkirche, zu denen nur sehr wenige Zutritt erhielten. Es waren mittelalterliche Räume, die durch Wandfackeln erhellt wurden. Hier bewahrte man alte sakrale Gegenstände, wertvolle Bücher, wunderschön ziselierte Gläser und wertvolle alte Stoffe auf. Margit war in ihrem Inneren begeistert über diesen jahrhundertealten Reichtum, es war ihr Hobby, sie liebte alles Alte. Doch heute hatte sie etwas ganz anderes vor. Sie überwand sich und bewunderte die kostbaren Schätze, als gäbe es nichts Wichtigeres in diesem Moment, sie wollte Leonardo ihre Gedanken nicht verraten. Doch Leonardo hatte sie längst durchschaut, spielte mit ihr. Er zeigte ihr jedes kleine Detail der Sammlung, machte sie auf viele Bücher aufmerksam, erklärte die historische Bedeutung dieses Schatzes. Bis er spürte, dass sie innerlich verging, dass sie den angespannten Zustand nicht mehr ertragen konnte. Sie war so heiß auf ihn. Und er auf sie.

Da öffnete er wieder eine Tür, betrat den Raum, um sich sofort wieder nach Margit umzudrehen. Er griff in Margits Taille und hob sie hoch. Noch in der Türfüllung stehend zog er mit einer Hand den Reißverschluss ihrer Jeans herunter, streifte ihr die Hose ab und öffnete seine. Margit saß auf Leonardos Hüfte und fühlte ihren Orgasmus nahen. Vor Erregung standen ihr winzige Schweißtropfen auf der Stirn. Leonardo ließ sie langsam an sich herunter, bis sein steifer Penis ein Weiterkommen vereitelte. Er sah ihr in die Augen und ließ ihn vorsichtig in die geöffnete Spalte hineingleiten. Sobald er ihre Vagina berührte, schrie sie auf, und während er sie langsam penetrierte, ging er mit ihr in den Raum hinein. Margit winselte. Leonardo atmete stöhnend. Immer wieder drang er tief in sie ein, immer wieder zog er sein Glied aus ihr heraus. Margit hatte sich an ihm festgeklammert und schon längst ihren Orgasmus bekommen. Er aber bewahrte ihn auf, für einen späteren Zeitpunkt. In dem Raum war es warm, überall waren Kerzen aufgestellt.

Er trug sie zum Bett hinüber, es war groß und mit vielen Decken und Kissen belegt, in die er sie sanft fallen ließ. Margit war völlig kraftlos, obwohl sie sich kaum bewegt hatte. Sie hielt die Augen geschlossen und lächelte glücklich. Sie ließ es geschehen, dass Leonardo ihr den Pullover über den Kopf zog und den dunkelgrünen Büstenhalter abstreifte. ‚Sie ist schön‘, dachte er, und malte mit dem Finger den dünnen Strich ihres Schamhaares nach, immer tiefer, bis ihn die Feuchtigkeit ihrer Vagina empfing. Leonardo zog sich vor ihr aus. Dann bekam sie den ersten Kuss von ihm. Sie leckte seine Lippen ab und öffnete ihre Beine. Leonardos Mund glitt von ihren Lippen abwärts und bedeckte alle Haut mit Küssen, ihre steifen Brustwarzen, den makellosen Bauch, bis er ihre ersten Schamhaare erreichte. Da spitzte er seine Zunge und führte sie wie ein scharfes Schwert bis zum Eingang ihrer Vagina. Die Schwertspitze suchte ihre harte Klitoris, die längst aus der schützenden Umhüllung herausgetreten war und umspielte sie, wohl wissend, dass Margit Schmerz empfinden würde. Sie quittierte die Folter mit kurzen, schneidenden Lauten.

Sie spürte sein steifes Glied, das wippend über ihre Schenkel tanzte. Leonardo führte ihr die Zungenspitze ein und rieb mit dem rechten Zeigefinger die äußerst verwundbare Klitoris. Margits Erregung steigerte sich zum zweiten Mal. Leonardos Herz klopfte ihm bis zum Hals, und noch bevor er seinen Penis einführte, wusste er nicht, wie lange er den Orgasmus noch zurückhalten konnte. Jetzt war es soweit. Er legte sich vorsichtig auf sie und gab ihr den ersten Stoß. Margit flüsterte: „Langsam“, doch er hatte nur noch drei Sekunden für drei Stöße. Und als er mit einem dunklen, röhrenden Laut gekommen war, half er ihr, bis auch sie ihren Höhepunkt erreichte.

Sie biss ihm in die Schulter und zuckte winselnd, minutenlang. Die Kissen nahmen ihn lautlos neben ihr auf und beide sanken in einen tiefen Schlaf. Des Türmers Wohnung erwies sich als ein riesiger Raum, der im Dachgestühl eines Nebengebäudes der Kirche untergebracht war, nur zu erreichen über die erste Plattform des Wilfriedsturmes, durch das Museum. Der Raum war so ausgestattet, dass er allem gerecht wurde, was ein Mensch zum Wohlfühlen in seinem Alltag braucht. Er barg einen Wasch- und Badeplatz, eine kleine Küchenzeile mit Holzfeuerkochstelle, einen mittleren Tisch, um den vier Holzstühle gereiht waren und – das große breite, mit unendlich vielen Kissen belegte Bett. Auch diesen Raum leuchteten Fackeln, in kupfernen Hülsen an den Wänden steckend, aus. Zur Unterteilung in die einzelnen Wohnbereiche hatte Leonardo eine beträchtliche Anzahl langer, weißer Stoffe lose über in Mannshöhe gezogene Seile geworfen. Unweit des Bettes verbreitete der Kamin, neben den brennenden Kerzen, die wohlige Wärme.

Der Türmer breitete ein weißes Laken über den einzigen Tisch und brachte Kaffeegeschirr. Leise zauberte er allerlei gute Sachen irgendwoher. Er stellte eine große Schale mit Früchten auf und weckte mit einem langen, zarten Kuss seine Gefährtin. Margit erschrak. Einen Moment wusste sie nicht, wo sie aufwachte. Doch dann gewahrte sie Leonardos Kopf über sich, richtete sich auf und umhalste ihn. Leonardo gab ihr einen grünen Bademantel und lud sie zum Frühstück. Der Kaffeeduft bereitete eine behagliche Atmosphäre. Er setzte sich ihr gegenüber und biss schweigend in ein Brötchen. „Wann sehen wir uns wieder?", sprudelte es über ihre Lippen. Er antwortete ihr, nachdem er seinen Bissen fertig gekaut und hinuntergeschluckt hatte: „Wir sehen uns nicht wieder. Ich reise morgen ab." Sie blickte ihn mit großen Augen an. „Ich bin ein Wandertürmer." „Wo gehst du hin?" Margit stieß die Frage einigermaßen ängstlich aus. „Das hab ich noch niemandem verraten und werde es auch nicht tun. Unsere wunderbare Begegnung bleibt in meinem Gedächtnis und in meinem Herzen." Dabei erhob er sich und sah Margit beim Ankleiden zu. Sie tat es, ohne ein Wort zu verlieren, nahm ihre Tasche und wandte sich dem Ausgang zu. Sie stiegen gemeinsam die eine Treppe des Wilfriedsturmes hinunter, küssten sich noch einmal, dann schloss der Türmer die Tür hinter Margit auf Nimmerwiedersehen.

Streckrad und Guillotine

Wie schon so oft schlief sie wieder einmal nicht.

Die Nacht begann sehr kühl. Um diese Jahreszeit ging sie eigentlich nicht mehr hinauf. Die ersten Nachtfröste legten einen leichten Raureif auf die Dächer. Es war gefährlich. Vor Jahren war sie etwas leichtsinnig gewesen, vertraute auf ihre profillastigen Schuhe und rutschte fast bis zur Dachrinne runter. Halb ohnmächtig bekam sie einen Ziegel zu fassen. Wie durch ein Wunder fand der rechte Fuß Halt, und sie konnte sich bis zum Dachfirst hochziehen, aber auch nur wegen der täglichen zwanzig Klimmzüge an der Wandheizung. Sie war wieder leichtsinnig. Sie war süchtig, sie brauchte es.

Wer weiß, ob er überhaupt kam. Er musste ja auch über das bereifte Dach. Kam sogar über den First rüber. Wenn er nicht kam, würde sie sich zwei Hände voll Haare rausreißen. Aber vielleicht brauchte er es ja auch. Vielleicht ließ ihn auch nur dieser eine Grund den Gang über den vereisten Dachfirst wagen.

Henriette streifte sich den Bademantel über und schnürte die Kletterschuhe zu. Vielleicht wartete er schon. Mit zwei, drei Schritten war sie an der Bodentreppe. Ihr Herz begann zu rasen. Sie gewahrte den Handlauf an der letzten, schmalen Stiege, die nur dem Essenkehrich vorbehalten blieb. Sie musste an dem Handlauf vorbei. Das letzte, das untere Stück war sanft gebogen und mündete in einer stumpfen Spitze, die abgerundet worden war. Der Tischler musste sie gefühlvoll mit feinstem Sandpapier abgeschmirgelt haben. Liebevolle Hände. Das können nur liebevolle Hände. Es war eigentlich Frevel, einen solchen Handlauf an eine Dachstiege zu verschwenden. Oder war das bewusst gemacht worden? Die Endung befand sich in genau der richtigen Höhe, sie war von genau passender Stärke und genau an der richtigen Stelle. So platziert, dass sie sich genau zur richtigen Zeit vorbereiten konnte. Der Puls am Hals stieg beständig an. Doch sie musste sich erst vergewissern, ob er bereits da war und mit seiner Zeremonie begonnen hatte. Das wäre eine Katastrophe, jetzt, wo sie schon kurz vorm Ziel stand. Henriette spürte ganz genau, dass sich die Öffnung weitete, sie fühlte das Blut in die Lippen schießen. Sie zog sich an der Stiege hoch, öffnete hastig die Tür, die den kleinen Ausstieg neben dem Schornstein frei gab, blickte suchend hinaus. Drüben, auf dem Nachbarhaus, stand er wie versteinert auf der Zinne und starrte den Mond an. Der musste in den nächsten Minuten seine volle Größe erreicht haben, vielleicht fehlten auch nur noch Sekunden. Das konnte man mit bloßem Auge nicht ausmachen. Doch er wusste es. Sobald der Trabant ein Vollmond war, würde er langsam loslaufen, vorsichtig tastend, um nicht den Halt zu verlieren. Dann müsste er in wenigen Augenblicken hier drüben bei ihr sein.

Henriette sprang von der kleinen Austrittsplattform in den Bodenraum hinein, nahm nicht erst die hölzernen Stufen. Der linke Fuß knickte weg, ein leichter Schmerz, doch im nächsten Moment hatte sie den Bademantel geöffnet und spürte das warme, glatte, fein abgegriffene Holz zwischen den Schenkeln. Die Lippen ließen es hinein und heraus. Drei-, viermal, oh, hoffentlich wurde es durch die Feuchtigkeit nicht verdorben. Oh je, sie müsste es noch einmal mit Wachslasur behandeln. Morgen, morgen würde sie es tun. Der Puls fiel gleich aus. Sie wollte mit einem Satz hoch an die Luke. Sie taumelte, die Knie waren weich, ihre Augen jedoch schneller als ihre Beine.

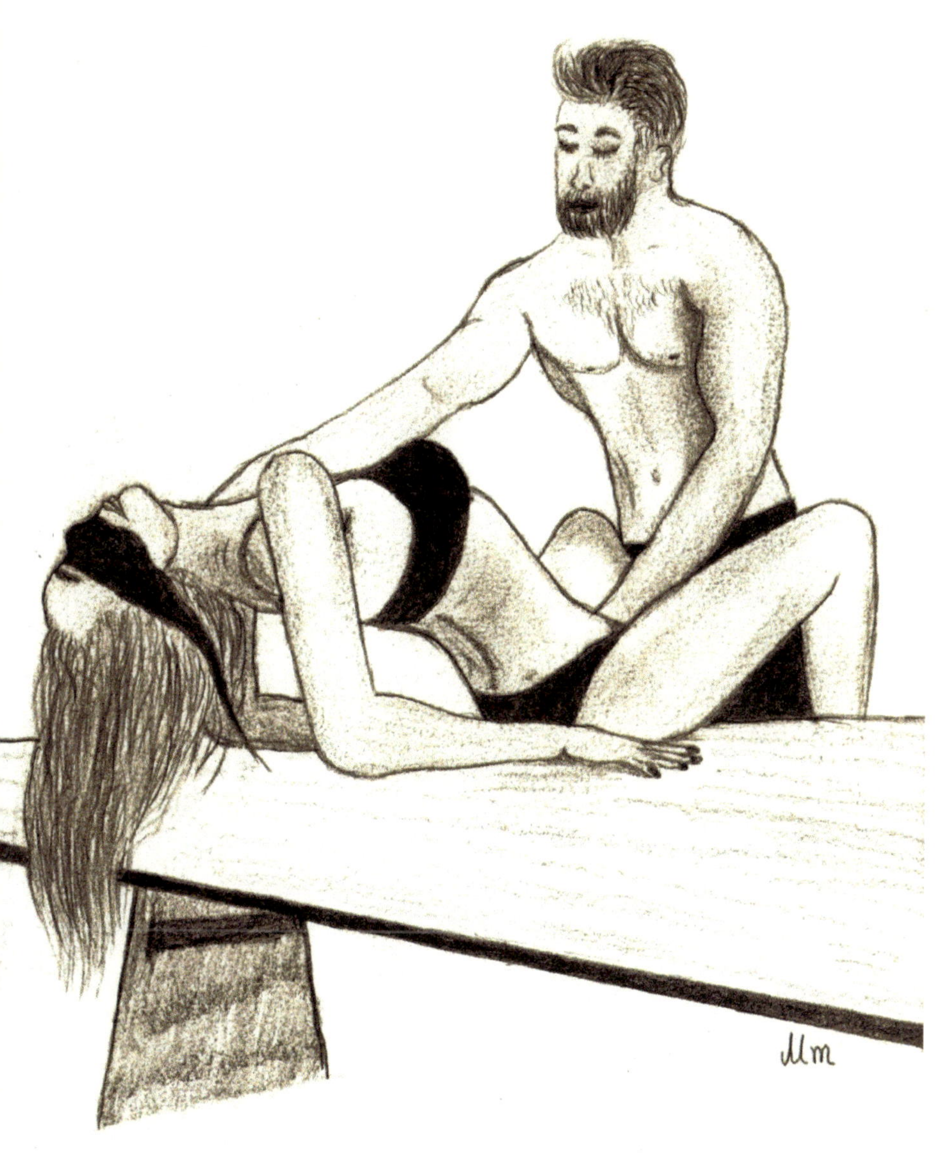

Da stand er vor ihr, den Blick zum Mond gerichtet, ihr das schwarze Hinterteil zugewendet. Der Schwanz war bereits aufgerichtet, die Spitze zitterte vibrierend, sie war irgendwie verstärkt, als ob eine Sprungfeder installiert worden wäre. Doch die Endung, die er hoch in die Nacht gestellt hatte, war weich und streichelnd. Sie wusste es. Henriette nahm sich nicht die Zeit, den Bademantel abzustreifen, wie sie es sonst immer tat. Dafür war es auch viel zu kalt. Der Wetterbericht hatte Nachtfröste angesagt, der Raureif war der Vorbote. Am ganzen Körper zitternd, die wackeligen Beine auseinander gestellt, stand sie über ihm und nahm seine vibrierende Schwanzspitze mit ihren inzwischen weit klaffenden Schamlippen auf. Sie brauchte sich nicht zu bewegen, er tat es. Sie hielt es nur drei Sekunden aus, ein irrer, sinnlicher, orgastischer Schrei durchschnitt die Nacht.

Mit einem Satz war der Kater auf das Satteldach der großen Nachbarscheune gesegelt und verschwunden. Und Henriette – fiel vom Dach. Der Orgasmus hatte sie so aus der Fassung gebracht, dass sie taumelnd vom First rutschte, mit ihren nackten Füßen die Dachrinne abriss und auf dem Misthaufen in Nachbars Bauernhof landete. Sie hatte sich nicht verletzt, sie lag in ihrer Blöße auf einem Misthaufen, raffte den durch den Flug aufgeklappten Bademantel in Windeseile vorn zusammen und verschnürte ihn mit dem Gürtel. Niemand hatte sie gesehen, niemand etwas bemerkt. Das Problem – sie befand sich, in einen Bademantel gehüllt, darunter nackt, nackten Fußes, ohne ihren Hausschlüssel, in fremdem Hof, der zugesperrt war. Wie sollte sie hier wieder herauskommen? Henriette verließ ihre stinkende Unterlage und blickte sich um. Sie ging zum Scheunentor, es war verschlossen. Da waren die Stallungen. Sie klinkte – und schlüpfte hinein. Zwei Kühe und eine Ziege lagen darin und schliefen. Henriette erschrak, schreckte zurück und trat augenblicklich den Rückzug an. Ganz hinten auf dem Hof befand sich noch ein kleiner Schuppen. Sie schlich auf Zehenspitzen dorthin und fand die Tür unverschlossen. Sie wusste nicht warum, aber sie betrat den Innenraum. Totale Finsternis empfing die Ahnungslose. Henriette tastete ringsherum, da waren Wandregale, auf denen Werkzeuge nebeneinander aufgereiht lagen, das erfühlte sie. Gartengeräte bekam sie zu fassen und hatte plötzlich eine Klinke in der Hand. Im Schloss steckte ein Schlüssel. Henriette drehte ihn herum und fand Einlass.

Umso mehr war sie verwundert, dass dieser Raum von einem dunkelroten Licht spärlich erhellt wurde. Nachdem sich ihre Augen an die Umstellung gewöhnt hatten, nahm sie Umrisse wahr. Sie schaute ungläubig. Sollte das eine Folterkammer sein? Der Raum erschien ihr viel größer, als der Schuppen hergab. Er wirkte wie eine Höhle. Henriette schaute mit großen Augen so gefesselt in diesem Raum umher, dass sie gar nicht auf den Gedanken kam, ängstlich zu sein, dass sie auch nicht bemerkte, wie sich hinter ihr leise die Tür geschlossen hatte. Das Faszinierendste war eine Guillotine, eine richtige Guillotine! Da stand ein Rad, so, wie man es im Mittelalter verwendete, um Menschen darauf zu spannen, bis sie fast in Stücke gerissen wurden! Verschiedenartige Fesseln erschienen ihr als das allerharmloseste Folterinstrument. Daumenschrauben und Mühlräder waren zu sehen. Einen Galgen hatte man an einer Wand befestigt. Es hing ein Seil zum Aufknüpfen herunter, an dem eine Halsfessel befestigt war. Schwere Fußfesseln standen in den Ecken, riesige, gegen die Wand gelehnte Zangen, Fässer mit Wasser, um die armen Teufel darin zu ersäufen, von der Decke herabhängende, selbstständig rasselnde Ketten, eine große

Schüssel mit Nasenringen und -spangen, alles was das Herz, bzw. das kranke Hirn begehrte, verbreiteten Angst und Schrecken und brachten einem das Gruseln bei. Es gab einen Wandschrank mit fünf Türen und auf einer Seite der Folterkammer einen schweren Vorhang.

Plötzlich erhellte sich das dunkelrote Licht. Es wirkte so grell, dass einem die Augen schmerzten und ließ die unheilvolle Höhle noch um ein Vielfaches furchterregender erscheinen. Henriette fühlte sich bisher so gefangen genommen von den Gerätschaften, der gruseligen Faszination, die dieser Raum auf sie ausübte, dass sie jetzt wie aus einem Traum zu erwachen schien und ihr Herz vor Angst heftig pochen hörte. Hastig drehte sie sich um die eigene Achse. Es gab nur diesen Wandschrank, wohin sie ausweichen konnte oder den unheimlichen, schweren Vorhang.

Sie entschied sich für den Schrank, versuchte eine Tür zu öffnen. Die dritte gab nach. Sie verbarg nur einen winzigen Raum, der ihr dahinter Schutz bot. Er barg eine Wandbank, auf die sie sich völlig entkräftet fallen ließ. Hier gab es keine Lichtquelle. Doch vor ihr, in der Tür, die sie gerade panisch geschlossen hatte, gewahrte sie eine winzige Öffnung in Augenhöhe des Sitzenden, durch die man bequem sehen konnte, was in der Folterhöhle geschehen würde. Henriette hielt sich die Hand vor die Augen. Das konnte doch alles nicht wahr sein! Wie kam sie hierher, träumte sie oder war sie wirklich vom Dach auf Nachbars Mist gefallen?

Noch mit den Fragen beschäftigt, die ihr Hirn ihr aufgab, hörte sie plötzlich eine dunkle, unheilvoll grollende Stimme, die irgendwelche Mächte zusammenrief. Mittelalterliche Musik setzte leise ein und schwoll dann drohend an. Henriette presste ihr Auge an den kleinen Schlitz in der Tür und starrte hinaus. Der

Vorhang wurde von unsichtbarer Hand seitlich nach oben gerafft, und aus dem Dunkel trat ein Pferd, auf dessen Rücken ein Reiter in Rüstzeug saß und vor ihm ein weibliches Wesen, in langen Kleidern, mit von einem Dornenkranz gehaltenem Haar, quer über dem Pferderücken lag. Das Tier trug ebenfalls eine Rüstung und eine lange, aus klimpernden Metallblättchen bestehende Rückendecke. Der Reiter hieß das Pferd stehen und sprang herab. Inzwischen waren mehrere Knappen herbeigeeilt, auf deren Arme der Ritter die bewegungslose Frau legte. Sie brachten die Dornenbekränzte auf ein mit Decken ausgestattetes Podest und legten sie vorsichtig nieder. Zwei weitere Frauen in langen, prachtvollen Gewändern, mit hochgestecktem, perlenumrahmtem Haar waren unbemerkt neben das Podest getreten und summten eine leise Melodie.

Die drohende Musik verstummte. Ein Knappe führte das Pferd wieder hinter den Vorhang. Ein zweiter trug eine kleine Truhe herbei und verwahrte alle Teile der Rüstung, die der Ritter mit seiner Hilfe langsam ablegte, nacheinander auf deren Deckel. Harnisch und Helm lehnte der Bedienstete daneben, zog seinem Herrn die Stiefel aus und hatte ihn bald, bis auf eine Art Lendenschurz, entkleidet. Dem fast splitternackten Reiter wurde ein Pokal mit Wein gereicht, den er in einem Zuge leerte. Er ließ die Knappen und Frauen ebenfalls bereitgestellte Pokale und Kelche austrinken. Die Frauen hatten inzwischen begonnen, dem bedauernswerten Mädchen mit dem Dornenkranz die Kleider auszuziehen. Es rührte sich nicht, seine Gliedmaßen hingen schlaff herunter. Sie flößten der blutjungen Frau den Inhalt eines Weinkelches ein, bedeckten ihre Blöße mit einem durchsichtigen, vorn geschlitzten Hemdchen und trugen sie zum Rad. Sie legten das Mädchen auf das Folterinstrument und zwangen seine Arme und Beine in daran befestigte Lederfesseln. Musik, die nichts Gutes ahnen ließ, setzte ein.

Während der ganzen Zeit saß Henriette wie versteinert, mit pochendem Herzen und offenem Mund vor dem Guckloch. Sie war nahe daran, die Augen fest zuzukneifen und vor Erregung laut zu schreien, wenn sie sich vorstellte, dass man die Erbarmungswürdige wirklich und wahrhaftig auf das Rad spannen wollte. Sie hielt sich den Mund zu, als sie ein knarrendes, rätschendes Geräusch vernahm und einen Knappen ein Spannrädchen drehen sah. Nach ein paar Umdrehungen ließ der Knappe nach, gerade so, dass die Geräderte eine kleine Spannung aufwies. Die beiden Frauen entledigten sich ihrer langen Kleider und trugen nur noch kurze, glänzende Wickelröcke. Sie begannen die auf dem Rad Liegende zu streicheln, zu betasten, ihre Brüste zu massieren, Mund und Haut mit Küssen zu bedecken, bis die so Gefolterte leise stöhnte. Eine der Frauen rieb ihr mit ihrem Busen die Vagina, um sie hernach mit der Zunge zu befeuchten.

Auf einmal rief der entblößte Ritter: „Genug!" Die beiden Frauen ließen von der liegenden Schönen ab, und der Ritter stieg über ein dahin gestelltes Treppchen zu ihr auf das Rad. Er kniete sich über das noch immer leise stöhnende Mädchen, ließ sich eine Kanne mit warmem Öl reichen und goss es ihr vorsichtig auf die Haut. Sie stieß einen Schrei aus, während der Mann begann, sie mit dem Öl zu massieren. Er tat das so intensiv, mit erotischen Bewegungen, dass das Mädchen vor Erregung lauter stöhnte und immer wieder unter seinen Fingern den Leib hob und senkte. Der Mann schob seinen Lendenschurz ein wenig zur Seite und ließ einen hoch aufgerichteten Penis daraus hervorschnellen. Die beiden Frauen fingen an, ihn und die Hoden mit Öl einzureiben und mit gekonnten Handgriffen zu massieren, hin und wieder die

Lippen ihres Mundes darüber zu stülpen, um daran zu saugen. Er konnte nicht mehr kalt bleiben, die beiden entlockten ihm erst einige Seufzer und dann tiefes Stöhnen. Da ließen sie von ihm ab und entfernten sich.

Der Mann beugte sich über die ausgestreckte Frau. In der rechten Hand hielt er zwei Daumenschrauben. Das Mädchen sah es und begann zu zittern. „Was ist das?", fragte es zaghaft und bekam keine Antwort. Der nackte, erigierte Reiter legte sie ihr ohne ein Wort an, erst sanft, dann fester drehend. Sie ließ vernehmen, dass es sie schmerzte. „Ich will das nicht!" Es nützte ihr nichts. Er zog fester an bis sie vor Schmerz jammerte. So wollte er es haben. Er winkte dem Knappen, der ihm am nächsten stand und ließ sich etwas geben. Das Mädchen erkannte es nicht. Jetzt hatte er in jeder Hand einen Federkiel, fuhr zuerst mit der weichen Federseite durch die feuchte Spalte, immer wieder, bis ihr Stöhnen einen winzigen Touch an Geilheit gewonnen hatte. Er setzte ein spitzes Metalltütchen auf seinen Penis und drang damit ganz langsam in sie ein. Die junge Frau zuckte zweimal und ließ einen leisen Schrei heraus. Ihre Hände in den Fesseln waren feucht. Sie zitterte noch immer. Er drehte die Federkiele um, drückte sie ihr mit der Kielseite in die Haut und zog sie von den Brustwarzen aus nach unten. Die nackte Schönheit schrie und bäumte sich auf. Es wurden zwei rote Striemen sichtbar.

Henriette in ihrem Schlupfloch hätte beinahe mitgeschrien. Sie saß total feucht und doch entsetzt auf ihrer Bank und hatte die Hand im Höschen. Insgeheim schalt sie sich, wie verroht sie sei, sich aufzugeilen, wenn anderen Schmerz zugefügt wurde. Aber wo ist die Grenze zwischen Schmerz und Lust? Inzwischen hatte der Ritter einen Fetzen ganz dünnes, weiches Leder aus seinem Lendenschurz gezogen und tupfte damit der Gepeinigten die Schweißperlen von der Stirn, während er sie mit äußerster Vorsicht weiter penetrierte.

Plötzlich vernahm Henriette ein leise klirrendes Geräusch. Von der Decke wurden zwei Ketten heruntergelassen, an deren Enden Klemmen befestigt waren. An der Richtung, die die Ketten nahmen, erkannte sie, welche Aufgabe ihnen zugeteilt war. Die Knappen traten heran und befestigten die Klemmen an den Brustwarzen der Gegeißelten. Sie winselte vor Schmerz. Dann wurden die Ketten sehr langsam empor gehoben, bis die Mamillen einen empfindlichen Spannungsgrad erreicht hatten. Hinter ihrem Guckloch hielt sich Henriette kurzzeitig die Augen zu und bedauerte aufrichtig das geschundene Mädchen. Doch dann traute sie ihren Ohren kaum, sie stöhnte. Sie stöhnte lustvoll. Lagen Schmerz und Lust wirklich so dicht beieinander? Was würde jetzt geschehen? Henriette sah wieder klaren Auges durch die geheime Öffnung in der Tür.

Erneut kamen knarrende Klammerketten von der Decke herab. Diesmal deutete deren Senkungsrichtung an, dass sie für den Ritter bestimmt waren. Plötzlich standen vier Knappen im Raum und machten sich an den Ketten zu schaffen. Der Ritter hatte sich von dem Mädchen gelöst, legte sich neben dem Rad auf den Boden und ließ sich die Folterketten auf seinem Rücken befestigen, zwei auf den Schulterblättern, zwei auf seinen Gesäßbacken. Die Klammern mussten tief in die Haut eindringen und äußerste Schmerzen bereiten. Das war deutlich an seinen verzerrten Gesichtszügen abzulesen. Dann betätigten alle vier Knappen gleichzeitig mechanische Räder mit Kurbeln und zogen den Ritter langsam empor. Als die Haut seines Rückens bis zum Bersten gespannt war und sein Körper sich vom Boden löste, stieß er einen grässlichen Schrei aus. Wie über einen beweglichen

Schlitten an der Decke wurde der Ritter passgenau über die stöhnende Jungfrau befördert und Zentimeter um Zentimeter auf sie herabgelassen. Das durch den Schmerz erschlaffte Glied des nicht mehr ganz jungen Mannes straffte sich zusehends, und ein tiefes Schnaufen verriet, dass er, ob des bevorstehenden Ereignisses, das eine endliche Erlösung ankündigte, seine frühere Geilheit zurückgewonnen hatte. Sobald er sie zu fassen bekam, löste er die Ketten von der Brust der jungen Frau und ließ seine Finger massierend darübergleiten. Henriette hörte sie lauter und brünstiger stöhnen, während er sein Glied genau auf ihre Vagina justierte. Der Raum knisterte vor Erotik, und Henriette fixierte ihren Blick so vertieft auf die beiden, dass ihr entgangen war, wie drei der Knappen sich ihrer Kleidung entledigt hatten und sich lediglich lendenbeschürzt zu den drei Frauen auf die Felle begaben. Sie begannen, die Drei mit den Fingern zu penetrieren, um hernach, so wie die Situation es zuließ, mit ihren Penissen die Finger abzulösen.

Es war ein Stöhnen und Winseln entstanden, das Henriette aufs Äußerste sexuell stimulierte. Ihre Finger der rechten Hand versahen in einem übermäßig feuchten Milieu ununterbrochen ihren Dienst.

Der Zeitpunkt war gekommen, da der überaus sexuell stimulierte Ritter mit seinem Glied in die inzwischen weit geöffnete Vagina seiner Partnerin eindrang. Sie ließ, außer sich vor Erregung, hintereinander fünf Schreie aus ihrer Kehle entweichen und hob ihren Körper von ihrer Unterlage, den Sprossen des Rades, um sich dem Eindringling entgegenzuwerfen. Gleichzeitig stieß der Ritter einen einzigen, brunftartigen Laut aus. Er wurde fünfmal durch den vierten Knappen wenige Zentimeter emporgehoben und wieder in die junge Frau versenkt. Dann ließ er sich auf den

Frauenkörper fallen, und die beiden umklammerten sich fest, um ihre Erlösung zu erleben, während die drei Paare auf dem Fellpodest noch immer kopulierten.

Henriette in ihrem Versteck, die kurz vor ihrem Orgasmus stand, bemerkte viel zu spät, dass der vierte Knappe verschwunden war. Kurz danach wurde die Tür zu Henriettes kleinem Spannerverschlag aufgerissen, und der Knappe zog sie an der freien Hand hinaus in die Folterkammer. Es war ihr nicht aufgefallen, dass die Musik wieder eingesetzt hatte. Sie hörte mittelalterliche Gesänge und folgte dem Knappen. Er führte sie, wie konnte es anders sein, zum Fallbeil. Unter dem oben arretierten Beil stand ein rechteckiger Klotz, über den Henriette sich ohne Widerstand bäuchlings legen ließ. Man entfernte ihr den Slip und entkleidete sie auch oberhalb. Jetzt hatte die Ahnungslose erst begriffen, wo sie sich befand. „Nein!“, schrie sie, „Nein! Warum, was hab ich getan?“ Wortlos hatte sich der Knappe bis auf den Lendenschurz ausgezogen und drang ohne Federlesen mit seinem erigierten Glied tief in Henriette ein. Das war nicht schwierig und erzeugte schmatzende Laute. Der Knappe bewegte sich gekonnt langsam und gefühlvoll in ihr, hielt ab und zu inne, bis ihm seine Erfahrung sagte, sie nähere sich ihrem Höhepunkt. Sie atmete tief und begann zu stöhnen, obwohl sie das zu vermeiden suchte. Es gelang ihr nicht, zu gut verstand der Knappe sein Handwerk. So hatte sie noch nie Sex gehabt. Der Schmerz, den sie beim abrupten Eindringen gespürt hatte, vermischte sich so nahtlos und geschickt mit der beginnenden Begierde, dass ihre ganze Vorsicht nichtsnutzig, ihre Angst wie weggeflogen war. Der Mann, der sie so zart am Hals küsste, dessen warme, weiche Hände ihre Taille umspannten und dessen Penis sich in ihr bewegte, als wäre er für ihre Vagina geschaffen, ließ sie erzittern und trieb ihr eine erregende Gänsehaut auf alle Regionen ihres Körpers. Henriette war völlig realitätsfern und hoffte, der herrliche Moment würde nie enden. Sie dachte nicht daran, was ihr heute Nacht begegnet war, was sie aus ihrem Kämmerchen heraus gesehen hatte, wo sie sich befand. Sie hatte nur Augen, Sinne und Gefühle für diesen Mann, der gut zehn Jahre jünger sein dürfte, als sie war. Als der erfahrene Knappe ein kaum wahrnehmbares Zucken in ihrer Vagina spürte, ließ er sie kommen und labte sich an den befreienden Lauten, die sie von sich gab.

Henriette schlug die Augen auf. Der Morgen begann gerade zu dämmern. Sie blickte sich fassungslos um. Das war ihr Schlafzimmer, in dem sie sich befand, sie lag in ihrem Bett, spürte am ganzen Körper eine Feuchtigkeit, die sich auf die Kissen unter ihr übertrug. Unwillkürlich griff sie nach ihren Brustwarzen. Sie waren beide unversehrt und schmerzfrei.

Die rechte Hand prüfte den Spalt ihrer Vagina. Er fasste sich glitschig an, das Laken darunter völlig durchnässt. Da wurde es ihr klar. Henriette hatte nach längerer Zeit wieder einmal einen ihrer geliebten feuchten Träume erlebt.

Fallschirmeis

Bisher hatte sie nicht gewusst, dass sie auf außergewöhnlichen Sex stand. Wenn beispielsweise ein Paar nicht mehr zu Hause im Bett kam, sondern nur noch auf dem Feld in der Ackerfurche. Oder wenn er nur noch konnte, wenn er sie so strangulierte, dass sie dabei fast erstickte. Nein, also wenn sie darüber nachdachte, mit solchen Praktiken hatte Bernadette nie geliebäugelt. Sie war seit vierundzwanzig Jahren verheiratet. Im vergangenen Herbst ging es plötzlich nicht mehr. Hatte sie gemeint. Philipp bekam einen Schreikrampf. Dabei wusste sie genau, dass er auf jeder Tagung die Sekretärin des Chefs flachlegte. Bernadette kannte kein Erbarmen. Seitdem lebte sie allein.

Ob die bei „Ehe kaputt – Herz wieder frei" streng darauf achteten, dem Slogan ihrer Firma immer gerecht zu werden, wusste sie nicht. Niemand verlangte eine Ehe- bzw. Ehescheidungsurkunde von ihr. Bernadette war hübsch, vierundvierzig und mittelgroß. Sie bezog ihren monatlichen Verdienst aus dem Tagesgeschäft eines mobilen Eiswagens. Kugeleis, dem natürlichen Trend unterworfen, im Sommer die Gier nach der eiskalten Erfrischung kaum stillen zu können, im Winter Strümpfe stopfen zu müssen. Im übertragenen Sinne. Ihre Selbstständigkeit hatte Bernadette schon manches Jahr fast den Kopf gekostet. Seit sie Philipp begegnet war, vor fünfundzwanzig Jahren, funktionierte alles anders. Philipp verdiente gut, sie waren nicht unbedingt auf Bernadettes Zuverdienst angewiesen. Doch sie gab ihren kleinen Eiswagen nicht auf und ging im Winter ganz relaxt einem beschaulichen Online-Job nach. Es gab keine Kinder in Bernadettes Leben. Sie hatte keine Esel zu kämmen. Nun führte sie hier dieses unsinnige Gespräch. Er hatte die spärlichen dunklen Strähnen seines Haupthaares über den kahlen, kantigen Schädel gezogen und sah einfach nur blöd aus. Genau das sagte Bernadette der gelangweilten Mitarbeiterin des „Paarungsinstitutes". Und hatte in ihrem leichten Anflug von Wut nicht bemerkt, dass jemand eingetreten war. „Den will ich haben!" Sie hielt der für sie inkompetenten Brillenschlange das ausgeschnittene Foto eines makellosen Mittvierzigers unter die Nase. Die selbst beeilte sich nicht, Bernadette, ohne von ihrem PC aufzublicken, zu erklären, dass dieser Mann nicht zu haben sei. „Den Typen hier können Sie in der Pfeife rauchen!", warf ihr Bernadette in scharfem Ton um die Ohren und deutete auf den frisierten Glatzkopf, der ihr empfohlen wurde. Der eingetretene Mann, der sich nach der Resonanz auf seine Anzeige erkundigen wollte, war wieder verschwunden, ohne von den beiden Frauen bemerkt worden zu sein. „Bieten Sie mir doch einige andere Männer an!", verlangte Bernadette. Die Brillenschlange zuckte die Achseln. Bernadette war außer sich und verließ stehenden Fußes das zweifelhafte Unternehmen.

Sie zündete sich draußen vor der Tür mit leicht zitternden Fingern eine Zigarette an und warf die dunkelblonde Mähne in den Nacken. Sie setzte sich auf eine steinerne Beeteinfassung am nahegelegenen Park und überlegte, etwas ruhiger geworden. Sie ließ den Blick im Kreis schweifen und blieb an den in die Sonne gestellten Sommerstühlen des kleinen Cafés mit dem einladenden Namen, „Lass deine Seele baumeln …", hängen. Genau dorthin lenkte sie ihre Schritte, ohne zu bemerken, dass sie längst beobachtet wurde.

Bernadette hatte sich Kaffee und ein kleines Stück Kuchen bestellt. Sie überlegte gerade, ob sie sich selbiges überhaupt leisten könne, doch mit ihrer Figur, die dem Üppigen ganz leicht verfallen war, konnte sie überaus zufrieden sein. Also ließ sie es sich schmecken. Sie zog gerade das Handy aus der Hülle, um ihrer Freundin das Geschehnis in der Partnervermittlung zu erzählen, da wurde sie von einem Mann um die Vierzig gefragt, ob der Rest des Tisches noch frei sei. Sie nickte, und er setzte sich ihr gegenüber. Bernadette stutzte. Das Gesicht kannte sie. „Friedel, ich ruf' später noch mal an." Damit legte sie das Handy in die Tasche und schaute ihr Gegenüber prüfend an.

Woher kenne ich den, schien sie sich zu fragen. Sie kam nicht darauf. „Der Typ sieht einfach nur blöd aus", half der Mann. Bernadette überkam ein leiser Anflug des Erschreckens. „In Wirklichkeit sehen Sie völlig anders aus", sprach sie schnell aber wieder gefasst. „Wahrscheinlich doch nicht, sonst hätten Sie mich jetzt nicht erkannt", war seine Antwort. Je länger sie ihn ansah, umso anziehender fand sie sein Gesicht. Wie konnte sich ein Mensch so verändern und trotzdem als der gleiche identifiziert werden? Er trug sein noch verbliebenes Haar kurz geschnitten. Sein Kopf war größtenteils kahl, doch die fehlenden langen Strähnen, die auf dem Bild von einer Seite über die Glatze auf die andere gelegt worden waren, existierten nicht mehr. Ein Dreitagebart schmückte sein Gesicht im wahrsten Sinne des Wortes. Er hatte schöne Lippen. Fand Bernadette. Und strahlende, hellblaue Augen, wie Terence Hill. Warum hatte sie das alles nicht auf dem gezeigten Foto gesehen?

Sie konnten die Augen nicht voneinander lassen und verrieten damit, ohne ein Wort zu sprechen, einander ihre Sehnsüchte. Er fasste Bernadette sanft bei den Schultern und zog sie zu sich herüber. Sie glühte. Sie lechzte nach seinen Lippen. Wie von selbst öffnete sich ihr Mund und nahm den seinen auf. Er griff nach ihrer Hand und zog sie mit sich fort in den Park hinein. Es

war später Nachmittag, die Luft flirrte vor Hitze und hieß die Menschen, ihre Häuser zu hüten. Der Park lag wie verwaist. Sie rannten, bis sie ein dichtes Gebüsch fanden. Keiner wusste den Namen des anderen und doch wollten beide ineinander. Er griff ihr unters Kleid und zog ihr rasch den Slip über die Schenkel, bis er auf den bemoosten Boden fiel. Sie knöpfte seine Jeans auf und riss den Reißverschluss herunter, dass er fast entgleiste. Sie atmeten hastig. Bernadette stieß kleine grelle Töne aus, und als er seinen Penis in ihr vergrub, wuchsen die kleinen Töne zu Schreien. Viel zu schnell war alles zu Ende. Als sie sich sanft voneinander lösten, hauchte er ihr ins Ohr: „Ich bin Orest.“ „Ich bin Bernadette“, antwortete Bernadette, überrascht, einen solchen Namen zu hören. „Orest, wie bist du an diesen Namen geraten, ist das nicht die Bezeichnung eines Gottes?“ Orest versuchte die enge Jeans zu schließen, denn seine Unterhose wies noch immer eine gehörige Beule auf. Als Bernadette das sah, begannen sich ihre Brustwarzen sofort wieder zu versteifen. Jetzt nahm sie ihn bei der Hand und sagte mit fester Stimme: „Ich wohne hinterm Park in der Klausstraße.“ Er schüttelte verlegen den Kopf: „Es wird leider nichts. Jetzt ist Training in Thorndorf. Ich bin Fallschirmspringer.“ „Fallschirmspringer?“, fragte sie ungläubig. „Sehe ich dich wieder?“ „Mich wirst du so schnell nicht los“, antwortete Orest lächelnd und verschwand.
„Halt! Wie verständigen wir uns?“, rief Bernadette ihm ängstlich nach. „Ich werde dich finden“, rief er zurück. Bernadette machte enttäuscht kehrt und zupfte sich zurecht. „Na, das war es wohl“, murmelte sie traurig. In den nächsten Tagen begann sie, Orest zu vergessen. Es gelang ihr nicht so recht. Da hatte sie sich nun noch einmal verliebt, und er verschwand so schnell wieder wie er gekommen war.

Bernadette machte sich Wasser zurecht und schrubbte ihren Eiswagen, dem sie erst vor zwei Tagen eine Grundreinigung verpasst hatte. Als sie am Abend gedankenversunken in der Zeitung blätterte, war sie plötzlich wach und traute ihren Augen nicht. „Orest Jäger vom Thorndorfer Fallschirmclub zeigt am Sonntag einen neuen Sprung auf dem Flugplatz Heidenau." Heidenau war einen Kilometer von Thorndorf entfernt, von ihrem Zuhause etwa zwölf Kilometer. Welche Zeit war das? 13 Uhr schien ihr eine eigenwillige Zeit zu sein. Da wollte sie eigentlich mit dem Eiswagen raus. Das sollte er haben. Eis auf dem Flugplatz verkaufen! Doch was wäre, wenn er es lächerlich fände, dass sie einen Eiswagen ihr Eigen nannte? Wenn er ihr einen mitleiderfüllten, verächtlichen Blick zuwarf? Dann sollte ihn der Teufel holen!

Sie befragte Google nach der Telefonnummer des Flugplatzbetreibers und des Fallschirmclubs. Ob sie sich kurzfristig noch mit einem Eisstand am Sprungtag bewerben könne, fragte Bernadette an. „Bernadette von Taubner, Steuernummer …"

Den Club erreichte sie nicht, der Flugplatzbetreiber lehnte ab. Bernadette war die Letzte, die sich ins Bockshorn jagen ließ. Er würde es bereuen, sie hätte extra ein spezielles Fallschirmeis entwickelt.

Mit Speck fängt man Mäuse. Herr Schöne, der Betreiber, biss an, nannte ihr den Betrag für den Stellplatz, sofort in bar in der G-Stelle zu entrichten.

Bernadette jubelte. Im nächsten Moment erschrak sie. Heute war Dienstag. Wie sollte sie bis zum Wochenende die Idee „Fallschirmeis" aus dem Ärmel zaubern?

Sie fuhr zurück in die Stadt, parkte am Stadtpark und eroberte eine der heißbegehrten Bänke. Sie zündete sich eine Zigarette an und zog Stift und Schreibheft aus der Tasche. Wie wäre es mit einem hellblauen, wolkigen Eis, das an einem Fallschirm befestigt ist? Sie wollte sich ungläubig ansehen, hatte jedoch keinen Taschenspiegel dabei. „Bernadette, was bist du für ein Schaf“, sagte sie zu sich selbst. Sie machte eine Handskizze, wie ein Eis mit einem Fallschirm aussehen könnte. Und fand es blöd. Blöd, so wie Orest auf dem ersten Foto. Orest. Wo mag er sein? Er hatte sie gevögelt. Einfach so. Im Park. Das hatte vor ihm noch keiner getan. Es war der Wahnsinn. Und sie, Bernadette, hegte keinerlei Zweifel, dass dieser Akt ein Akt von Zweifeln gewesen sein könnte.

Ohne es so richtig zu bemerken, war sie hinüber zum Café geschlendert. Sie hatte sich einen Riesling bestellt. Das Café war heute Mittag spärlich frequentiert. Der einzige Gast, außer ihr selbst, saß zwei Tische weiter. Das Profil einer jungen Frau, die Brille weit auf der Nase nach unten geschoben, Zeitung lesend und hin und wieder Kaffee schlürfend, zog Bernadettes Blick auf sich. Das Objekt der Begierde zeichnete sich durch volle, sinnliche Lippen und ein schön geformtes, markantes Kinn aus. Muskulöse Oberarme wiesen auf Kraftsport hin, den die Schöne offensichtlich betrieb. Ihre Beine steckten in sandfarbenen Sommerstiefeln, dazu ein kurzes Chiffonröckchen in kupferroter, zarter Musterung. Der weite Ausschnitt ihrer Bluse fiel über den Bernadette zugeneigten Arm herab und gab den Blick auf ein winziges Tattoo frei. Bernadette holte die Fernbrille hervor und erkannte ein Ginkgoblatt. Durch die Fernbrille konnte sie deutlich die zarte Silhouette ihres, trotz der Jugendlichkeit schon ausgereiften, Busens sehen. Sie musste schlucken und mochte den Blick nicht abwenden. Wie schön sie war. Und welche Unruhe Bernadette in sich aufsteigen fühlte. Sollte sie etwa …? Mit einer Frau hatte sie es noch nie getan. Ach was, sie hatte die Situation wohl verkannt.

Mit einem Mal blickte die Unbekannte zu Bernadette herüber, um die ein wenig verrutschte Bluse zu richten und sie hernach bewusst tief fallen zu lassen. Bernadette bekam kurzzeitig ihre Brust zu sehen, während die schöne Unbekannte den Kopf stolz in den Nacken nahm. Sie legte einen Geldschein und ein Kärtchen auf den Tisch und verschwand, ohne sich noch einmal umzudrehn. Wie makellos schön sie war. Bernadette ging die drei Schritte zum Nachbartisch, nahm das Kärtchen an sich, das offensichtlich für sie bestimmt war und rief nach der Kellnerin. Als sie wieder allein war, nahm sie in Gedanken die Karte in Augenschein.

Frieda Fritsch – Performerin, und die Telefonnummer.

Bernadette kam an diesem Abend nicht in den Schlaf. Immer wieder sah sie diese Szene vor sich, als diese Frieda mit einer stolzen Bewegung ihres Kopfes den gefallenen Träger wieder auf seinen Platz verwies. Immer wieder diese ungemein erotisierende Silhouette ihres Busens. War sie denn wirklich Bi? Sehnte sie sich nach Sex mit Männern und Frauen? Irgendwann hatte sie der Schlaf doch übermannt.

Am Morgen, nach lediglich zwei Stunden Schlaf, hatte Bernadette bereits den Entschluss gefasst, Frieda wiederzusehen. Sie dachte einfach nicht mehr an Orest, nicht mehr an das Fallschirmeis. Am späten Nachmittag, als sie ihren Job erledigt hatte und endlich wieder zu Hause im bequemen Sessel saß, mit einem Glas Rotwein und einer Zigarette, wählte sie die Nummer. Sie musste lange warten.

Das Handy klingelte sich wund. Endlich meldete sich am anderen Ende eine Stimme: „Ja, Frieda Fritsch." „Morgen Nachmittag, 16 Uhr in der Galerie Bamberger, Friedrichstraße, genau neben dem Café Noire, einverstanden?", sagte Bernadette mit fester Stimme, obwohl ihr Herzschlag einen Moment aussetzte. „Ich werde da sein", kam es kurz und knapp von Frieda.

Als Bernadette auflegte, fiel ihr Orest wieder ein, den sie bisher vollständig verdrängt hatte, und dass sie bis Samstag dem Fallschirmeis ein Gesicht geben wollte.

Aber was machte sie da! Sie hatte Sex mit einem wildfremden Mann im Stadtpark gehabt, um diesen Mann wiederzusehen, wollte sie sogar zur Designerin werden. Und einen Tag später hatte eine Frau sie so sehr fasziniert, dass sie fast alles daranzusetzen bereit war, mit ihr zu schlafen.

Bernadette begriff es selbst nicht. Was war nur über sie gekommen. Aber sie musste es tun. Vielleicht bekam sie diese Chance nicht noch einmal im Leben, sich auszuprobieren, sich selbst kennenzulernen. Wer war sie? Was erwartete sie vom Leben? War sie nur auf Sex aus oder suchte sie noch einmal nach der großen Liebe?

Bernadette konnte sich die übermäßige Gier nicht erklären, die sie so plötzlich überwältigt hatte. Sie legte sich ins Bett und schloss die Augen. Sie wollten nicht geschlossen bleiben. Durch das Fenster sah sie die Sterne leuchten. Wie schön sie war, wie stolz. Plötzlich hatte sie die zündende Idee. Für das Fallschirmeis. Es musste eine Geschmacksvariante sein, die einen Kick auslöste, der einem das Adrenalin in die Adern trieb. Chili-Orange. Oder Sanddorn-schwarze Olive. Oder beides. Darauf ein Eisschirmchen, welches beim Aufspannen mittels dünner

Fädchen am Stiel befestigt war. Olivgrün sollten sie sein. Die Schirmchen.

Was dachte sie sich da aus! Wie sollte sie bis Samstag die vielen Schirmchen präpariert haben? Erst mussten welche in der Farbe Oliv beschafft werden.

Als sie aufwachte, war ihr erster Gedanke Frieda, ihr zweiter Orest und der dritte das Eisprojekt.

Am Nachmittag, als sie ihre Tour beendet hatte, wusste sie nicht, wie sie den Rest der Woche überstehen sollte. Wie in Trance zog sie die knappe olivgrüne Seidengeorgettebluse an, die selbst hochgeschlossen einen atemberaubenden Anblick bot, erotische Unterwäsche in gleicher Farbgebung und den hellgrauen, leicht plissierten Rock, der eigentlich verboten werden müsste, die fünf Zentimeter hohen Riemchensandalen, lachsrot mit Fesselverschluss. Auf die Frage, die sie sich selbst stellte, warum sie als Treffpunkt die Galerie angegeben hatte, wusste sie keine Antwort. Sie hatte vor, mit Frieda die Ausstellung anzusehen und danach vielleicht noch einen Kaffee zu trinken.

Frieda wartete bereits. Sie trug dunkelblaue Jeans und einen schwarz-weiß gemusterten Pulli, nahm Bernadette ohne Gruß bei der Hand und zog sie hinaus. Drei Häuser weiter, in einem Hauseingang, gleich Hochparterre, schloss Frieda eine Wohnungstür auf und kaum, dass Bernadette die Schwelle überschritten hatte, riss die fremde Frau ihr wortlos die schönen Kleider vom Leib und verschloss ihren Mund mit einem habgierigen Kuss. Bernadette war so überwältigt, dass sie alles mit sich geschehen ließ und nur noch mit sich überschlagendem Puls genoss. Während sie sich in Bernadettes weichem Mund verlor, entledigte sich Frieda in Windeseile ihrer Kleidung und drückte Bernadette die schönen Brüste ins Gesicht. Ihr duftender Körper drängte die völlig Überraschte gegen die Wand und rieb sich an ihr. Bernadette bekam plötzlich einen Anflug von Scham und begann sich zu wehren. Doch ihre Peinigerin ließ es nicht zu, ging vor ihr auf die Knie und öffnete mit zwei Fingern Bernadettes Schamlippen, um mit spitzer Zunge einzudringen. Bernadette war gefangen, sie hatte ihren Atem nicht mehr im Zaum, sie hechelte und stöhnte. Frieda löste ihre Zunge wiederum durch zwei Finger ab und brachte Bernadette zu einem, von leisen Schreien begleiteten, Orgasmus. Bernadette rutschte in sich zusammen und wäre mit dem Kopf gegen die Wand im Flur, in dem dieses Schauspiel stattgefunden hatte, geschlagen, wenn Frieda sie nicht aufgefangen und auf den Boden gelegt hätte.

Es dauerte wenige Sekunden, bis Bernadettes Kontenance wiederhergestellt war. Sie brachte sich in den Stand und suchte Friedas Blick. „Was war das eben?“, wollte sie fragen. Doch Frieda sprach nur: „Komm!“ Einfach nur: „Komm!“ Ohne jede Regung, blicklos, kein Lächeln ihres Mundes, kein zärtliches Streicheln ihrer Hand. Bernadette nestelte an ihrer Kleidung, oder was davon noch übrig war, um sich ein wenig in Ordnung zu bringen. Frieda deutete auf einen Stuhl, auf dem sie ihr zwei Kleidungsstücke bereitgelegt hatte. Bernadette verzichtete. Sie fuhr mit den Fingern durch ihre Haare, nahm ihre gegen die Wand gelehnte Tasche an sich und folgte dieser fremden Frau. Draußen, im gleißenden Licht, auf dem Bürgersteig, stieß Frieda ein kurzes „Wir-sehen-uns“ aus und nahm ohne Gruß den Bürgersteig gen Ortsausgang unter die Füße. Wie ein begossener Pudel, im wahrsten Sinne des Wortes, stand Bernadette vor einem Haus, das sie nicht kannte und begriff die

Situation sowie ihre Lage nicht. ‚Nach Hause. Nur noch nach Hause‘, dachte sie.

Sie hatte geschlafen wie eine Tote und musste unbedingt ihre Zähne putzen.

Sie konnte sich keinen Reim darauf machen, was vor drei Stunden geschehen war.

Nun gut, sie würde diese rätselhafte Frau wahrscheinlich nicht wiedersehen, entgegen Friedas Behauptung im Schlusssatz.

Also weg damit. Gestrichen aus dem Gedächtnis. Sie sollte sich lieber um ihr Fallschirmeis kümmern. Jetzt hieß es basteln oder kaufen. Zu beiden genialen Einfällen konnte sie vorläufig nichts weiter sagen, denn Basteln war nicht unbedingt ihre Welt, und wo sollte sie einen Minifallschirm erstehen können? Was war ihr da bloß eingefallen. Sie musste da jetzt durch oder sie vergaß für immer diesen Mann.

Bernadette mischte ein Heidelbeer-Holundereis mit Walnusssplittern und besorgte sich Eisschirmchen in grellem Gelb, den Holzstiel entfernte sie und versah die Schirmchen stattdessen an jeder Segmentspitze mit einem sehr dünnen Cocktailspießchen. Die Befestigung derselben gestaltete sich sehr schwierig, doch irgendwann hatte sie den Dreh raus. Sie probierte den Ablauf. Zuerst eine große Kugel herblila Eis in die Waffeltüte, die Tüte in den Ausgabebehälter gestellt und dann die Spießchen des Schirmes fest in den Tütenrand gedrückt. Fertig. Die Konstruktion hielt und zeigte eine tolle Wirkung. Sie legte einen Preis für dieses außergewöhnliche Arrangement fest und vervielfältigte den Prototyp des Schirmchens. Fünf Stunden arbeitete sie angestrengt. Das Ergebnis waren 50 Fallschirmchen. Das würde genügen.

Bernadette begab sich zufrieden zu Bett. Übermorgen war Sonnabend. Und morgen erst noch mal ein langer Arbeitstag über Land.

Die Nacht war grässlich. Ein Alptraum quälte sie. Es gab einen Einbruch in ihre Wohnung. Die maskierte Person stahl die gesamte Schirmproduktion, entfachte hinter dem Haus ein Feuer und übergab das Diebesgut den Flammen. Immer und immer wieder musste sie diese Passage ertragen, ohne sich wehren zu können.

Gegen Morgen entfernte die Person plötzlich ihre Maske. Es war Frieda, die in der Nacht ihr Unwesen getrieben hatte. Bernadette war vernunftbegabt. Die Vernunft trieb sie aus den Federn und hieß sie, ihr Tagwerk zu vollbringen.

Der Samstagmorgen begann windig und trübe. Ein kräftiges Lüftchen jagte dunkelgraue, ins Lila gehende Wolken vor sich her. Mal schaukelten die Bäume, mal standen sie ganz still, so als hätte es nie einen dieser Frühsommerstürme gegeben. Es war Sonne angesagt. Wo blieb sie? Bernadette holte das rot gemusterte Sommerkleid aus dem Schrank. Damit war sie nicht zu übersehen. Trotz des widrigen Wetters. Vorsichtshalber den schwarzen Lederbolero dazu und ab ging die Post.

Als Bernadette mit dem Ausrichten des Eiswagens beschäftigt war, kam die Sonne heraus. Zaghaft zwar, doch als sie Bernadette mit ihren ersten warmen Strahlen streifte, schien sie so entzückt vom frischen Rot des Kleides, dass sie einen Zahn zulegte, um es in ein wunderbar helles Licht zu tauchen. Die Eisprinzessin platzierte den Prototyp ihres Fallschirmeises als Muster auf dem Tresen. Alles andere war vorbereitet. Die Scharen der Eisfreaks konnten kommen. Ihr Heidelbeer-Holundereis verbreitete einen angenehmen, frischen Duft.

Gerade spazierten die ersten Besucher des Sprungspektakels über den Parkplatz. Bernadette erlaubte sich einen langen, schweifenden Blick über das Flugplatzgelände. Noch war nichts zu sehen von Orest Jäger. Es gab da eine Art Podium mit einem kleinen Halbkreis aufgestellter Stühle. Ob die Presse da sein würde, war ihr nicht bekannt. Bernadette beobachtete beständig die Konsistenz ihres Eises, bemerkte somit nicht die kleine Invasion, die sich auf die Wiese zum Flugplatz ergoss. Zwei Kinder kamen gelaufen und verlangten ein Eis. Während sie die Kinder bediente und mit den Fallschirmchen helle Freude auslöste, war Orest eingetroffen. Sofort umringt von einer Traube Menschen und befragt durch einen Reporter der örtlichen Presse, hörte sie seine Stimme über ein Mikrofon aus Lautsprechern schallen. Bernadette schreckte auf, hob den Kopf und fühlte den heftigen Schlag ihres Herzens. Orest war kaum wiederzuerkennen. Er steckte in einem weiten Fallschirmspringeranzug und versuchte gerade eine Kopfbedeckung überzustülpen. Schade, sie konnte jetzt ihren Eiswagen nicht verlassen. Sobald Orest aufstieg, erwartete Bernadette einen Ansturm von Leuten, die schnell eine Tüte Eis haben wollten. Auf einmal näherte sich aus Richtung Versorgungsgebäude eine Person, begleitet von zwei Betreuern. Bernadette erkannte sofort Frieda, die in einem sehr engen Sprunganzug steckte und provokant herüberschielte. Bernadettes Gemütszustand näherte sich einem Wutausbruch. Was wollte diese Frau hier? Sie steuerte direkt auf Orest zu und umhalste ihn stürmisch. Diese Schlange, kochte es in Bernadette. Nachdem sie zwei Eisfreaks beglückt hatte und ihren Blick gen Flugplatz richtete, waren die beiden verschwunden. Wenige Minuten danach sah sie ein Flugzeug starten. Darin mussten sie sein. Bernadette hielt es nicht mehr aus.

Da der Ansturm ausgeblieben war, schloss sie kurzerhand ihren Eiswagen und lief hinüber zu den Sitzplätzen, um irgendetwas zu erfahren. Ein Angehöriger des Flugplatzpersonals drückte ihr einen Flyer in die Hand. Bernadette musste sich setzen: Orest Jäger und Frieda Fritsch zeigen einen Tandemsprung der Weltklasse. Er springt zuerst, sie fünf Sekunden später. Im freien Fall segelt Orest in seiner weiten Pluderhose, während sie, im engen Anzug, wie ein Stein nach unten fallend, auf ihn zu rast. Die Szene war so atemberaubend, dass dutzende Herzen auf dem Flugplatzgelände drohten, vor Schreck stehen zu bleiben. Nahezu jeder Zuschauer reckte den Hals und verfolgte durch ein Fernglas die Gruselgeschichte. Im letzten Moment, als Frieda an ihm vorbeizusausen drohte, fing Orest seine Partnerin mit bloßen Händen auf, und sie schlang ihre Arme um seinen Hals. Sie hielten sich aneinander fest. Weiter im freien Fall stürzte das sich umklammernde Pärchen nach unten und näherte sich der Erde. Die Menge auf dem Flugplatz raunte ängstlich. Etwas Furchtbares schien sich anzubahnen. Im allerletzten Moment zog Orest mit dem Mund zwei Leinen, und an seinem Körper öffneten sich zwei Fallschirme. Die Prozedur riss die beiden Körper scheinbar mehrere Meter nach oben, die Köpfe wirbelten, dass alle Welt Genickbrüche und ausgekugelte Gliedmaßen befürchtete. Die Zuschauermenge kreischte erleichtert auf.

Bernadette hatte das Schauspiel mit verfolgt und doch gingen ihre Gedanken in eine andere Richtung. Kein einziges Eis konnte sie in der Zwischenzeit verkaufen, denn jeder, der Beine hatte, stand sprachlos und staunend in der Meute. Einige Stühle waren umgestürzt, nicht einen hielt es auf dem Sitz. Da hätte man kein Eis lutschen, geschweige denn, sich mit der bezaubernden Spezifik der Fallschirmleckerei auseinandersetzen können. Jetzt, da die beiden Springer glücklich und unversehrt den heimatlichen Boden wieder erreicht und der Pressesprecher seine Schäfchen im Trockenen hatte, ließ die Menge das Paar noch einige Minuten hochleben und lief dann erleichtert und zufrieden auseinander. Kaum einer scherte sich noch um den einladenden Eiswagen. Dieser oder jener kaufte schnell noch eine Tüte auf die Hand, und in kürzester Zeit nahm der Flugplatz wieder sein Schattendasein auf. Weder ein Orest noch eine Frieda waren mehr zu sehen. Bernadette stand wie eine begossene Pudeldame hinter ihrem Tresen und fand einfach keine Worte für das abgelaufene Szenario. Was hatte sie mit sich machen lassen? Was war hier auf ihre Kosten passiert? Wusste Frieda von ihrem Date mit Orest oder war ihrer beider Zusammentreffen im Café nur Zufall gewesen? Bernadette fand keine Antwort, auch nicht auf die Frage, in welchem Verhältnis Orest und Frieda zueinander standen.

Langsam packte sie ihre Utensilien zusammen, sicherte das Eis in der Kühlung und verließ den Flugplatz, um mit ihrem Eisgefährt gen Heimat zu zuckeln. Zwei Tage später, in denen sich Bernadette den Kopf zermarterte und von einer Migräne in die andere rutschte, meldete sich Orest Jäger. Sie ließ ihn siebenmal klingeln, ehe sie das Gespräch annahm. „Bernadette, guten Tag, schön, dass ich dich erreiche. Ich bin's, Orest. Ich möchte dich auf ein Abendessen einladen." Orest hatte die Sätze in einem Zug ausgesprochen, aus Angst, sie würde gleich wieder auflegen. „Ach Orest, tut mir leid, ich bin die nächsten vierzehn Tage eingebunden. Vielleicht ein andermal", antwortete Bernadette, nachdem sie sich wieder gefangen hatte und legte auf. Wenige

Sekunden später klingelte ihr Handy erneut. „Komm Bernadette, das glaube ich dir nicht, du wirst doch ein Stündchen Zeit für mich haben. Ich möchte dich wiedersehen. Du wolltest es doch auch, komm, gib deinem Herzen einen Stoß", bat Orest. Bernadette war im Begriff wiederum abzusagen, doch er schnitt ihr das Wort ab und bot ihr einfach einen Begegnungstermin an: „Morgen Abend 19 Uhr im Seidenreiher, ja? Bitte komm." Bernadette beendete das Gespräch, ohne ihm eine Antwort zu geben. Was dachte der sich denn! Hatte sie einfach ignoriert mit ihrem Eiswagen, war mit einer wildfremden Frau, mit der sie geschlafen hatte, eng umschlungen durch die Luft gesegelt und wollte ihr, Bernadette, jetzt irgendwelche Märchen auftischen. Darüber musste sie eine Nacht schlafen.

Sie entschied sich für die schwarze Jeans und den ärmellosen dunkelroten Seidenrolli. Sie wollte auf jeden Fall hochgeschlossen erscheinen.

Diesmal würde er nicht so leichtes Spiel haben mit ihr. Sie richtete es so ein, dass sie genau fünf Minuten später als vorgeschlagen zum Treffpunkt kam. Schon von Weitem bemerkte Bernadette, dass im „Seidenreiher" etwas los war. Beständig gingen und kamen Menschen jüngeren Alters hinein oder heraus. Aus den Gaststuben drang rockige Musik nach außen. Eigentlich genau ihr Fall, doch diesmal stutzte sie. Was sollte das bedeuten? Was hatte Orest vor? Orest trug Bluejeans und ein wunderbares weißes Hemd, mit haardünnen schwarzen Paspeln an Knopfleiste und Manschetten. Mit einem strahlenden Lächeln empfing er sie: „Bernadette, da bist du ja und siehst umwerfend aus!" Bernadette blickte ihn sehr ernst an, das sollte heißen: Lass dein Einschleimen! Du Strolch! Doch Orest ließ sich nicht abschrecken: „Hast du Lust auf Rock 'n' Roll? Natürlich, hast du.

Deine Kleidung verrät es mir." Er nahm sie in die Arme – und schon war es wieder um Bernadette geschehen. Zwei Stunden später rockten sie im „Seidenreiher". Zur Freude der jungen Leute. Es wurde stürmisch geklatscht, als die beiden tanzten. Bernadette war versöhnt. Das gefiel ihr. Das uneinträgliche Eisgeschäft war vergessen, wie auch die Himmelsaktion von Orest und Frieda. Bernadette lachte befreit.

Doch das dicke Ende kommt immer zum Schluss. Sie setzten sich, völlig ausgepowert und außer Atem. Unvermittelt stand Frieda am Tisch, schön wie nie, im auffallend betörenden Etuikleid. Bernadette wollte aufspringen und gehen, doch Orest hielt sie zurück. „Darf ich dir meine Exfrau Frieda vorstellen? Sie schwärmt in den höchsten Tönen von dir." „Was soll das hier werden? Ihr habt mich genarrt!", sagte Bernadette barsch. Aber Frieda fasste zärtlich ihren Arm und bat sie, sich wieder zu setzen. „Bernadette, wir suchen eine Frau, die uns beide kennt, auch in sexueller Hinsicht und die sich eine Verbindung mit uns vorstellen könnte." Bernadette stutzte. Sie brauchte einen Wodka und winkte dem Kellner. Danach ging es ihr besser. „Komm, wir haben ein Zimmer gebucht. Es wird Sekt da sein und auch ein kleiner Imbiss. Es wird dir gefallen."

In der Suite empfing sie ein riesiges barrierefreies Bett mit tausend weichen Kissen und einem Panoramaspiegel im Hintergrund. Unweit davon war eine große runde Badewanne in den Boden eingelassen. Sie sah aus wie ein kleiner Pool, auf der Wasseroberfläche dahinschaukelnd, ungezählte Rosenblätter. Eine angenehme, leise Musik erfüllte den Raum.

Orest öffnete eine Flasche und füllte drei langstielige Gläser mit Sekt. Frieda zog Bernadette langsam und vorsichtig die Kleider aus, zuerst Schuhe und Strümpfe, Jeans und Pullover, den Slip und als sie den BH öffnete, streiften ihre Hände die Brüste von Bernadette. Bernadette schloss die Augen. Sie sah sofort wieder die herrlich geschwungene Linie von Friedas Busen vor sich. Als sie sie wieder aufschlug, brachte Orest die Gläser und stieß mit ihr an. In Windeseile hatte Frieda ihre Sachen abgestreift und wartete im Pool. Orest zeigte sich nackt, so wie ihn Gott erschaffen hatte, mit einer tadellosen Figur für einen Mann seines Alters. Er geleitete Bernadette wie eine Fürstin. Die Wasseroberfläche war inzwischen schaumbedeckt, das Licht im Raum gedimmt. Inmitten des Schaumes gewahrte Bernadette einen herausragenden Finger. Mit heftig klopfendem Herzen bewegte sie sich auf den Finger zu. Orest hatte sie von hinten mit seinem erigierten Glied berührt, was sie zusätzlich aufheizte.

Was würde sie hier erleben? Sie hatte mit Männern geschlafen, es vor wenigen Tagen mit einer Frau getrieben, würden jetzt beide gemeinsam sie verwöhnen? Sie stand direkt über dem Finger. Sie öffnete die Beine und ging langsam in die Knie. Der Finger kam ihr entgegen und verfehlte sein Ziel nicht. Die Luft im Raum war warm. Bernadette wurde es ganz heiß. Sie zitterte. Sie zitterte vor Angst, was geschehen würde. Sie bewegte sich auf dem Finger und der Finger bewegte sich immer näher an Frieda heran, während Bernadette leise stöhnte. Frieda saß auf einem im Wasser umlaufenden schmalen Absatz. Ihre Position war so, dass ihre Brüste auf dem Wasser schwammen. Bernadette wurde durch den Finger direkt darauf zu geleitet. Er bewegte sich unmerklich in die Tiefe, bis Bernadette, die ihm wie hypnotisiert folgte, auf Friedas Schoß saß. Auf einmal war der Finger verschwunden und wurde ersetzt durch einen Dildo, den sich Frieda umgeschnallt hatte. Sein Eindringen ließ Bernadette laut aufschreien. Sie spürte einen Penis in sich, den sie, auf Frieda sitzend, im Moment nicht deuten konnte. Ihre Herzfrequenz war aufs Höchste angestiegen. Sie atmete hastig. Sie wollte den Orgasmus und warf sich dem Dildo förmlich entgegen, während sie mit ihren Friedas Brüste massierte. Bernadette hielt plötzlich inne. Mit allem. Sie spürte, wie sich ein Penis in ihren Anus schob. Sie hatte noch nie Analverkehr gehabt, und sie genoss es. Orest bewegte sich so vorsichtig, so zärtlich, dass sie ihn kaum spürte, Frieda hingegen penetrierte sie kräftig, fast unsanft. Dieser gravierende Unterschied machte es. Bernadette verging unter den zärtlichen Händen von Orest, genoss Friedas körperliche Nähe. Sie zitterte und bebte und stöhnte und flehte. Und kam wie ein fauchender Vulkan.

Wie Bernadette nach Hause gekommen war, wusste sie nicht so genau. Sie konnte sich wohl erinnern, einen Wagen betreten zu haben. Dann lag sie in ihrem Bett und gab sich völliger Entspannung hin. Die Entkräftung, als Ergebnis des vergangenen Abends, spürte sie noch weit bis in den nächsten Tag hinein …

Was war eigentlich aus ihrem Wagen geworden? Sie lief zum Fenster und blickte hinunter. Da stand er. Unschuldig, als hätte er seinen angestammten Platz nie verlassen. Bernadette brühte sich einen Kaffee türkisch auf und nahm in ihrer Lieblingsecke Platz. Die Uhr zeigte halb acht. Ihr blieb noch eine Stunde Zeit, bevor sie das Haus verlassen würde. Sie steckte sich die Morgenzigarette an und überlegte. Der Abend begann im „Seidenreiher". Eigentlich war ihr ein Essen versprochen worden. Das hatte sie nicht bekommen. Dafür einen Porno im wahrsten Sinne des Wortes. Der Finger, vor ihr Frieda, ja, Frieda mit dem Dildo. Und dann?

Ja, dann spürte sie Orest in sich. Aber wie ging es weiter. Wie verlief der Dreier… Es war, als wollte ihr Hirn sich verkapseln, einfach zumachen. Hatte sie einen Filmriss?

Hatten die beiden ihr mit Hinterlist etwas eingegeben, das ihre Sinne trübte? Sie erinnerte sich noch an ein Auto. Mehr fiel ihr nicht mehr ein.

Bernadette sprang auf, brachte die Tasse und den Aschenbecher weg und schlüpfte flink in ihre „Arbeitssachen". Tasche, Schlüssel, Handy und ab. Es war Freitag. Die Tour ging nach Oberkröpnitz auf den Wochenmarkt und war dort 18 Uhr beendet. Schiet noch mal, so ein langer Tag. Gerade heute. Na, egal, vielleicht kam sie dadurch auf andere Gedanken. Sie hatte keine Ahnung, wie das weitergehen sollte. Würde sie Orest jemals wiedersehen? Wollte sie ihn wiedersehen? Na und ob, jetzt gerade! Sie trat aufs Gaspedal und fuhr einfach los.

Gegen 19 Uhr, Bernadette war gerade mit dem Duschen fertig, rief Orest an. Er begrüßte sie mit lieben Worten und fragte, wie es ihr ginge. „Ich habe mich wieder erholt. Was willst du?", antwortete sie kurz und knapp. „Ich möchte dich treffen. Wann hast du Zeit?", sagte er. „Wir sollten erst mal die Verhältnisse klären. Du unterhältst eine sexuelle Verbindung zu deiner Exfrau und hast mir diesen Umstand verschwiegen. Du hättest mir vorher reinen Wein einschenken müssen", machte sie ihm ihre Haltung begreiflich. Orest schluckte kurz und sagte: „Bernadette, mit Frieda bin ich nicht mehr zusammen. Uns verbindet nur noch das Verlangen nach ungewöhnlichem Sex. Wir suchten gezielt nach einer dritten Partnerin und glaubten, sie jetzt gefunden zu haben. Oder war dir unsere – Begegnung – am Mittwoch unangenehm?" Funkstille. „Bist du noch da?", fragte Orest ängstlich. „Ich bin noch da. Und ich kann dir sagen, ich habe unser Spiel zu dritt sehr genossen. Aber es übersteigt einfach meine physischen und psychischen Kräfte“, entgegnete Bernadette mit etwas milderer Stimme. Orest antwortete sofort: „Jeder Anfang ist schwer. Zu allem Neuen muss man erst einmal Zugang finden. Wenn du bereit wärest, müsste man sich nicht immer zu dritt finden. Ich würde dich gern mal allein sehen und dich wahnsinnig gern zum Fallschirmspringen mitnehmen. Ohne Eiswagen. Was hältst du davon?“ Bernadette tat verwundert: „Ach, du hast mich also doch wahrgenommen?“ „Aber sicher, ich wusste bereits vor dem Springen, dass du kommen würdest. Und dass du extra eine neue Eisgestaltung kreiert hast“, sagte Orest, mit leichter Anspannung und einem Hoffnungsschimmer in der Stimme. Aber so leicht ließ sich Bernadette dieses Mal nicht herumkriegen. Trotzdem entgegnete sie: „Ich bin nicht überzeugt.“ „Nur Fallschirmspringen, ja? Könntest du dir vorstellen, mit mir ein normales Tandemspringen, mit minimalstem Risiko, zu wagen? Du wirst angelernt und eingewiesen. Deine Ängste werden dir genommen. Was denkst du, wie viele Vereinsmitglieder in deinem Alter wir haben, die nicht mehr vom Springen lassen können. Und viele Interessenten kommen von außerhalb. Sie springen für viel Geld, und zwar regelmäßig. Dich lade ich ein. Vielleicht kommst du erst mal zum Zusehen mit. Sag ja, Bernadettchen.“ „Diese Bezeichnung nicht noch mal!“, rief sie zornig. „Okay, ich sehe es mir an. Und rede mit dem Trainer“, gab sie schließlich nach. Orest war überglücklich: „Lass uns heute Abend essen gehen. Ich freue mich so. Das Lokal darfst du aussuchen.“ Bernadette überlegte kurz und entschied sich für den „Kleinen Bernstein“ am Ortsausgang.

Der „Kleine Bernstein" war ein Restaurant mit mecklenburgischer Küche. Sie verabredeten sich für 18 Uhr. Orest frohlockte. Er wollte mit ihr schlafen. Doch sie gab sich den ganzen Abend freundlich aber spröde. Und ging allein nach Hause. Mit dem Versprechen, dass er sie am Sonntag zum Springen abholen dürfe. Bernadette war hin- und hergerissen.

Eigentlich wollte sie keine feste Beziehung, und wenn, dann eine, in der man den Mann für sich allein hatte. Orest war es schon wert, mit ihm etwas anzufangen. Doch wo blieb Frieda? Was ging sie letztendlich Frieda an. Aber wenn sie zurückdachte, der Sex mit Frieda, der hatte was. Ganz anders als Orest konnte sie diese Frieda doch völlig außer Atem bringen. Sie war die Eigensinnige, die Anführerin, die einen mit ihrer etwas grobschlächtigen Art forderte und fast etwas quälte, während Orest, der Sanftmütige, ihr zuerst Rücksicht entgegenbrachte und weit entfernt war, ihr wehzutun. Diese Gegensätze brachten einen Pol zum Abfedern, der neutralisierend wirkte, an dem sie sich ausleben konnte. Und sie, Bernadette, hatte es genossen, von beiden gleichermaßen bedacht zu werden, von ihm verwöhnt, von ihr überwältigt. Sie, Bernadette, war der empfangende Pol, der gleich auch als Prellbock fungierte, an dem sich zwei kreative Probanden ausleben konnten. Orest liebte, Frieda vögelte. Hatte sie in diesem Trio den Himmel auf Erden? Gleichermaßen Sensitive und Hardcore? Doch was hatte SIE bisher dazu getan! NICHTS. Sie hatte empfangen, um sich nehmen zu lassen. DAS war der springende Punkt. Das behagte ihr auf längere Sicht nicht. Es drängte sie, sich zu beteiligen. Sie wollte auch geben, wollte Gesichter sehen, die vollkommene Leidenschaft und erotisches Knistern ausdrücken. Sie wollte Schweiß fühlen, den sie erzeugt hatte, wollte Schreie hören, deren Auslöser ihr, Bernadettes

Verdienst waren. Doch diese Zuwendung konnte sie nicht gleichzeitig beiden Menschen geben. Das würde kräftezehrend und seelenverletzend sein. Daran würde sie zerbrechen. Für wen also sollte sie sich entscheiden? Sie tendierte zu Orest, doch könnte sie sich vorstellen, nach gar nicht ferner Zeit Sehnsucht nach Friedas unbotmäßigem Finger zu verspüren. Was also wollte sie? Mit diesem Gedanken schlief Bernadette ein, tief und fest und traumlos.

Sie nahm ihre Ausrüstung entgegen, empfing ihre Anweisung und stieg ohne Angst in den Flieger, der sie in unendliche Höhen bringen sollte. Sie redete kein Wort, sprang furchtlos gleich hinter Orest, so, als hätte sie diesen Ablauf schon hundertmal vollzogen und landete noch vor Orest etwas holprig, doch sicher auf dem Boden. Bernadette hatte die Hose voll, doch sie sagte es nicht, zog sich um und wartete, dass Orest sie noch auf ein Glas Wein einladen würde. Er tat es nicht, was Bernadette einigermaßen erstaunte. Orest gab Gründe an, weswegen er sich sogleich verabschieden müsse, die Bernadette fadenscheinig vorkamen.

Orest wollte sich ihr Zusammenkommen für den darauffolgenden Sonntag aufsparen, doch das sagte er nicht. Sie verabredeten sich, nachdem Bernadette noch ein gehöriges Lob für ihren mutigen Sprung erhalten hatte und gingen mit kurzem Gruß auseinander. Bernadette war missmutig, denn sie hätte gern mit ihm geschlafen und erwartete voller Gier den nächsten Sonntag, wo es einfach passieren musste. Und wusste nicht, in welcher Geilheit Orest die ganze Woche herumlief. Frieda beäugte ihn von weitem argwöhnisch. Sie war eingeweiht und fast ein wenig eifersüchtig. Wie in Trance lief Bernadettes Woche ab.

Sie fuhr ins Harzvorland, viermal und abends zurück. Und hatte keine Lust, es sich an diesen Abenden selbst zu machen.

Dann kam der Sonntag. Sie wollten sich zehn Uhr auf dem Flugplatz treffen. Bernadette fuhr eigentlich viel zu zeitig los. Doch diesmal wollte sie bereits vor Ort sein, wenn Orest und Frieda eintreffen würden. Sie wollte toll aussehen, obgleich sie ihre Kleidung dann alsbald mit dem Fliegeranzug tauschen musste. Egal. Der erste Eindruck zählte. Sie trug die schwarze Jeans, darüber eine smaragdgrüne Tunika, hochgeschlossen, und die Füße steckten in ihren hellgrünen, wildledernen Sommerstiefelchen. Haare hochgesteckt, dezentes Make-up.

Einige Leute liefen vorbei und grüßten. Sie kannten sie sicher vom vergangenen Sonntag her. Dann erschien Orest. Er kam allein und schlenderte, im leinenen Sommeranzug und mit einem Strohhut auf dem braungebrannten Kopf, direkt auf sie zu. Er sah umwerfend aus. Bernadette stieg die Glut den Nacken hinauf und bis ins Gesicht. Am liebsten hätte sie ihn gleich mit sich hinter das nächste Gebüsch gezerrt. Er sah aus, als schien er die gleichen Gedanken zu führen. Orest nahm sie in den Arm, gab ihr einen kurzen Kuss zur Begrüßung und zog sie mit sich fort in Richtung Café. „Ich will vorher mit dir reden, mein Schatz." ‚Mein Schatz, das sind ja ganz neue Worte‘, dachte Bernadette, der braucht sich gar nicht so einzuschmeicheln.

Das Café war leer, ganz hinten saßen zwei junge Burschen an einem kleinen Tisch. Orest bestellte zwei Kaffee und zwei Wodka. Bernadette sah ihn ungläubig an, trank jedoch das servierte Gemisch in einem Zug, so wie Orest und spürte sofort auch die Wirkung. „Dettchen", flüsterte Orest mit einem gierigen Blick, „ich habe heute etwas Besonderes vor. Seit langem hege ich diesen Wunsch, und jetzt ist der Zeitpunkt gekommen, ihn mir mit dir zu erfüllen." Bernadette stellte keine Frage und doch sah sie ihn erwartungsvoll an. „Ich möchte während des Fluges mit dir einen Orgasmus erleben. Ich weiß nicht, ob das schon jemals jemand gemacht hat. Wir werden die Ersten sein. Was sagst du dazu?", fragte er drängend. „Ich bin sprachlos", antwortete Bernadette ohne besonderen Tonfall nach einer geraumen Weile. Orest rief: „Ich habe uns spezielle Flugoveralls fertigen lassen." Orests Hose verriet seinen momentanen Erregungszustand. Er fand es äußerst unangenehm, dass Bernadette diese Regung nicht entgangen war. Schnell fügte er hinzu: „Der Flugzeugführer weiß natürlich Bescheid." „Und dann springen wir genau über dem Flugplatz ab, und unten steht eine unübersehbare Menschenmenge mit Ferngläsern. Und noch bevor wir uns voneinander trennen können, landen wir als kopulierendes Paar unter tosenden Beifallsstürmen." „Oder klatschen ohne Fallschirm hilflos auf die Erde", entgegnet Bernadette. „Du liegst völlig falsch, mein Schatz. Wir werden über einem entfernten Wäldchen abspringen und auf der angrenzenden Wiese landen. Unversehrt. Und nicht ein Mensch wird uns sehen", versuchte Orest, sie zu beruhigen. „Komm, Süße, es wird ein unbeschreibliches Erlebnis."

Bernadette überlegte noch einmal kurz – und willigte ein. Orest strahlte: „Bist du bereit?" „Klar!", sagte Bernadette mit Zweifeln im Herzen und wirkte dabei völlig sicher. Er nahm sie bei der Hand und führte sie zu den Umkleidekabinen. Er holte aus dem Trainerschrank zwei verschweißte PVC-Beutel. Jeweils in einer der Ecken ein Aufkleber mit dem Namen. Bernadette schnappte den Ihren und begab sich in Richtung Umkleidekabinen. „Wann und wo treffen wir uns?" „Ich hole dich in zehn Minuten dort ab, okay?" „Okay." Bernadette blickte in den Spiegel, der viel zu

82

niedrig angebracht und zur Hälfte blind war. „Was bist du für eine Frau. Auf welche halsbrecherischen Experimente lässt du dich hier ein!“, schalt sie sich. Sie zog den roten Overall aus der Plastiktüte. Er passte wie angegossen und sah äußerst sexy aus. Sobald sie ihn auf dem Leib trug, fiel Bernadette ein, dass der Overall einen besonderen Öffnungsmechanismus haben musste. Sie hatte beim Anziehen nichts bemerkt. Vor dem Spiegel stehend blickte sie an sich herab und betastete ihren Unterleib. An einem winzigen Knöpfchen unter dem Bauch blieb ihr Zeigefinger hängen. Sie drückte darauf und erschrak, als ein quadratisches Türchen aufsprang, das man vorher einfach nicht gesehen hatte. Ein Nylonquadrat von vielleicht zehn mal zehn cm Größe war von zwei Gummis zurückgezogen worden und gab den Blick auf ihre entblößte Vagina frei. Bernadette musste lachen, doch im nächsten Augenblick überkam sie die Erotik der Situation. Oh Gott, es waren weit mehr als zehn Minuten vergangen. Da klopfte es auch schon. In einer Sekunde zog sie die „Gardine“ wieder zu und verhüllte ihr Geschlecht. Sie schlüpfte in die Sportslipper, legte schnell noch die Fallschirmmontur an, die perfekt an den präparierten Overall angepasst war und sprang zur Tür hinaus. Orest, im schwarzen, ganz identischen Overall gestikulierte: „Der Pilot wartet!“ Orests Anzug zeigte die Umrisse seines Phallus, aber auch da entdeckte Bernadette nicht den Verschluss.

Er legte den Arm um ihre Taille und raschen Schrittes bewegten sie sich auf den Flieger zu. Der Platz war menschenleer, wie Orest gesagt hatte. Als der Flieger in der Luft war, lächelte er und flüsterte: „Du springst zuerst, ich folge dir auf dem Fuße. Sobald ich auf deiner Höhe bin, streckst du die rechte Hand nach mir und ich die meine nach dir aus, und wir fassen uns und ziehen einander heran. Dann betätigt jeder mit der anderen Hand seine Reißleine. Sobald die Fallschirme geöffnet sind, lösen wir die Mechanismen unserer Overalls aus. Alles andere ergibt sich. Sollten sich unsere Hände nach dem Absprung nicht treffen, also verpassen, öffnen wir selbstverständlich sofort unsere Fallschirme. Hast du verstanden?“, fragte er. Sie nickte. Und zitterte. „Wenn irgendwas schiefgeht, ziehst du den Reserveschirm, ja Kleines?“ Orest hatte die Angst in ihren Augen entdeckt. „Wenn mir das dann noch möglich ist“, sprach sie. Orest küsste Bernadette und sagte leise: „Es ist gleich soweit.“ Nach zehn Minuten öffnete er die Tür, nach weiteren fünf ließ sich Bernadette hinausfallen. Orest sprang sofort hinterher und hatte sie nach ein paar Sekunden eingeholt. Sie hingen an einer gemeinsamen Leine, die seitlich am Fallschirmgeschirr angebracht war. Damit zogen sie einander heran. Und während des Heranziehens öffneten sie die Türchen ihrer Overalls. Sie konnten nicht anders. Bernadette, die Ungeübte, bekam kaum Luft. Auf dem direkten Weg, am Eingang zu Bernadettes Geschlechtsöffnung, trafen sie aufeinander und waren so außer Atem, dass beim Eindringen seines Gliedes in Bernadettes Leib zwei Wahnsinnsschreie der sofortigen Erlösung die Hemisphäre im Osten Deutschlands durchbrachen.

Der Reiz dieses freien Falles bemächtigte sich ihrer so stark, dass sie vergaßen, die Reißleinen zu ziehen. In Trance fielen sie kerzengerade und wie Steine vom Himmel. Erst wenige hundert Meter über dem Erdboden fand Orest seine Sinne wieder und riss beide Leinen zu gleicher Zeit. Sie wurden aus einer solchen Fallgeschwindigkeit emporgerissen, dass sie sich fast die „Hälse brachen“. Sie stürzten überglücklich ins Gras und blieben ineinander liegen bis zum nächsten Morgen. „Sucht nicht nach uns", hatte Orest das Flugplatzteam angewiesen. Und das wartete bis zum nächsten Morgen, ehe es nach ihnen suchte. Die grelle Sonne weckte die beiden. Sie lächelten sich schmerzverzogen an und lösten sich vorsichtig voneinander. Orest hatte in seinen Overall noch ein Zusatztäschchen einarbeiten lassen. Er öffnete dessen Reißverschluss und nahm zwei goldene Ringe heraus.

„Willst du mich heiraten, Bernadette?", fragte er seine Geliebte. „Nach diesem überstandenen Sturzflug – ja", sagte lächelnd Bernadette und fragte ihn: „Willst du mit mir schlafen, jetzt und hier und bei vollem Bewusstsein?" Wie im Film küsste er sie und machte sich dazu bereit.

Marshmallows auf der Haut

Lange genug hatte sie die Abläufe beobachtet.

Sie hatte seine, sich selbst auferlegten Verhaltensregeln studiert, sich mit seinen Wesenszügen auseinandergesetzt, sich in seine Ansichten hineingedacht. Sie hatte längst schon versucht, die Szene nachzuspielen, wie er wohl reagieren würde, wenn der Bumerang, den er ausschickte, zu ihm zurückkäme. Es war klar, dass sie ihn noch nicht zu sehen bekommen hatte, ihn nur anhand seines Verhaltens, seiner Handlungen kannte.

Einen gewissen Intelligenzgrad musste er besitzen, denn seine Pläne, sie zu schocken, waren ausgeklügelt. Er prüfte genau, woher der Wind wehte, bevor er seine Touren unternahm, als ob er befürchten musste, sie könnte ihn riechen. Wenn er in die Nähe ihrer Behausung kam, stellte er irgendwo seine Straßenschuhe ab und wechselte in eine Art Hausschuhe, um nicht gehört zu werden. Sie hatte vor ein paar Tagen hinter einem Stein in ihrem Vorgarten ein Schächtelchen mit fein zerriebener Kohle gefunden, ein paar Stäubchen daneben im Gras, sodass zu vermuten war, er tünche sich Gesicht und Hände schwarz, um von der Dunkelheit verschlungen zu werden. Damit sie ihn nicht mit den Augen wahrnehmen könne. Auf gut Glück hatte sie im Nachhinein vorsorglich einige Eimer Wasser zum Fenster hinaus geschüttet, vielleicht traf ihn ja eine der Flüssigkeiten und gab ihm seine abendländische Hautfarbe zurück. Doch das Ausbleiben eines Fluches ließ ihren Hoffnungsschimmer sterben.

Celestine war unendlich neugierig geworden. Gestern Abend geschah es zum ersten Mal, dass er unter ihrem Fenster sang. Es war eine klägliche Melodie – von noch kläglicherer Stimme vorgetragen. Sie hatte den schweren Eimer schon in der Hand, diesmal gefüllt mit heißem Wasser. Doch diese traurigen Töne ließen sie stutzen. Sollte er ein einsamer Steppenwolf sein, der auch von ihrer Einsamkeit wusste und mit dieser Art Minnegesang die Ära einer neuen Partnersuche einläuten wollte? Sie stellte das heiße Wasser beiseite und summte leise mit. Er hielt inne – und verschwand.

Jetzt stand sie seit dreieinhalb Stunden an ihrem Schlafzimmerfenster und wartete auf seinen erneuten Gesang. Doch die gewohnte Zeit war vorüber, es blieb mucksmäuschenstill. Mit diesem Gefühlsausbruch ihrerseits hatte sie genauso wenig gerechnet wie der Stalker. Gerade noch trachtete sie mit allen Mitteln danach ihn loszuwerden. Und jetzt überlegte sie, wie sie es anstellen sollte, ihn wieder anzulocken. Wenn er in einer Nacht einmal verschwunden war, kam er erst in der nächsten wieder. Soweit war Celestine bereits vorangekommen. Gewohnheitsmäßig pirschte er sich immer in der neunten Abendstunde heran, richtete sich meist im Fliederbusch ein und legte seine Störfaktoren zurecht, um gegen zehn die Show zu beginnen. Bevor er die Taktik der klagenden Gesänge ins Leben gerufen hatte, begann er gewöhnlich damit, einen vibrierenden roten Lichtkegel in Richtung ihres Schlafzimmerfensters im ersten Stock zu schicken. Während die Lichtshow lief, warf er plötzlich in dichter Folge rote Marshmallow-Herzchen gegen ihre Scheibe. Wenn sie ihr Fenster inzwischen schon geöffnet hatte, um ihren Wassereimer zu entleeren, kamen sie hereingeflogen und landeten in ihrem Bett. Ihr war schleierhaft, wie er die leichten Geschosse vom Fliederbusch aus so gezielt an ihre Fensterscheibe katapultieren konnte. Kürzlich musste sie eines der Herzchen nicht aufgespürt und entfernt haben, jedenfalls klebte es ihr morgens am

Oberschenkel. Der Ablauf war immer gleich, er rief ihren Namen, sie öffnete das Fenster, um ein paar Flüche in die Nacht zu stoßen. Er nutzte die drei Sekunden, um mit einem gezielten Wurf einen Enterhaken an ihrem Fensterkreuz zu platzieren, ein kleines Körbchen, gefüllt mit einer Rose, einem Marzipanschweinchen und einer kleinen Flasche Rotkäppchensekt, mittels Seilwinde hinaufzuziehen, dieses mit Schwung durch ihr Fenster zu schleudern und zu warten, bis sie den Haken wütend wieder entfernte und in die Nacht warf. Während der Zeit raunte er mehrmals ihren Namen. Sobald der Haken ins Gras gefallen war, trat Stille ein. Für eine Weile. Dann hörte sie schnaufende Atmung, die bis zu einem Röcheln anschwoll und dann erstarb. Ein Plumpsen sagte ihr, dass sie jetzt Ruhe haben würde. Entkräftet war er aus dem Fliederbusch gefallen, wie ihr Nymphensittich, wenn er wieder mal auf der Spiegelhalterung seine Gelüste gestillt hatte. Jedes Mal geschah dieser Ablauf auf die gleiche Weise.

Celestine hatte zu Anfang erwogen, die Polizei einzuschalten, doch wusste sie, die durften einen Einsatz nur starten, wenn schon eine strafbare Handlung geschehen war. Also ließ es Celestine sein, hielt aus, was auszuhalten war, um am nächsten Morgen ihren Kater aus dem Fliederbusch zu angeln, der sich an den getrockneten Spermaresten labte.

Inzwischen hatte sie dem Stalker einen Namen gegeben, führte täglich Buch und wartete gegen Mittag schon auf den Abend. Sie lebte von seinen Liebesbeweisen, war bereits süchtig nach den Marshmallows und ließ jede Nacht eine Lache des Sektes aus ihrem Glas den Bauch hinunterlaufen, bis er zwischen ihren Schamlippen verschwand. Den Rest besorgten die Finger der rechten Hand. Ein eingespieltes Ritual das Ganze. Es könnte ewig so gehen. Doch der Winter meldete sich mit Riesenschritten, der Stalker musste zittern, unten im Fliederbusch. Würden seine Touren womöglich abbrechen, gar ausbleiben, der Sekt gefrieren, die steinharten Marshmallow-Herzen ihre Schlafzimmerscheibe zertrümmern, ihr schon betagter Kater sich die letzten Zähne an den gefrorenen Überbleibseln der Nacht ausbeißen?

Celestine musste sehr schnell etwas einfallen. Sie musste etwas unternehmen. Noch konnten die letzten Septembernächte als „lau" bezeichnet werden. Noch würde man es, spärlich bekleidet, eine Weile im Fliederbusch aushalten. Er war mit den Jahren durch den Wind, der ständig um die Ecke ihres Reihenhauses wirbelte, schief gewachsen. Sein Stamm bildete sozusagen eine schiefe Ebene, auf der Romuald liegen musste. Jetzt kam der Bumerang ins Spiel. Sie wollte es ihm gleich tun und dort auf ihn warten. Sie malte sich aus, wie es sein würde, wenn er ihrer Blöße gewahr werden würde, die sie ihm darbieten wollte.

Während sie, solche Gedanken führend, nach dem spärlichsten Etwas suchte, das sie besaß, zuckte es in ihrer Vagina. Je mehr sie darauf achtete, umso stärker wurde das pulsierende Zucken. Hastig zog Celestine ihren Slip aus und genoss die Nacktheit unter dem weich fallenden Kleid. Die Schamlippen rieben bei jedem Schritt aneinander. Erst leicht, sie spürte es kaum, dann wurden sie praller und das Reiben intensiver. Da kam ihr in den Sinn, beim Fliederbusch unten gar nichts anzuhaben, völlig ohne jedes Kleidungsstück, rücklings auf dem schiefen Stamm auf Romuald zu warten.

Romuald hieß der Vater ihrer besten Freundin, der unaufhörlich Marshmallows aß.

Celestines Atem begann schneller zu gehen, sie entschied sich, den Zustand der Spalte zu prüfen und registrierte einen feuchten Finger. Und alle zwei Minuten setzte sie die Prüfung fort, um die Abstände dazwischen immer geringer werden zu lassen und nicht nur außen, sondern auch innen zu prüfen. Ihr Herz schien sich abwechselnd mit dem Atem zu überschlagen, und die Klitoris war vorzeitig so überreizt, dass sie sie vor dem Einsetzen des Orgasmus nicht mehr berühren durfte.

Celestine hatte nicht bemerkt, dass die alte Wanduhr sechsmal schlug. Sie lief schnell unter die Dusche und wollte den neuen Plan, den sie vor wenigen Minuten gefasst hatte, wieder verwerfen. Das warme Wasser lief an ihrem Körper herunter, und sie fragte sich, warum verwerfen? Sie hatte niemand Rechenschaft abzulegen für ihr Verhalten. Sie wollte es tun. Der Gedanke, dass er entweder geschockt und also abgeschreckt sein oder aber die Darbietung annehmen würde, reizte sie ungemein. Jeder perlende Tropfen war damit beschäftigt, die Spuren der unbezwingbaren Lust der vergangenen Minuten wegzuspülen und mit sich fortzunehmen. Zuverlässig. Rein und unbefleckt entstieg Celestine der Dusche und umhüllte das Nichts mit ihrem dunkelbraunen Bademantel. Es wurde Zeit. Sie begab sich ohne Verzögerung auf leisen Sohlen hinunter, durch den Kellergang in den Garten. Möglicherweise, man wusste es nicht, welcher Gaul ihn ritt, entschloss er sich, heute früher zu erscheinen. Sie hatte alle Lichter im Haus gelöscht und vorsorglich das Schlüsselbund an einen bestimmten Ort gelegt. Es herrschte Totenstille in ihrem Garten. Der Gesang einer Nachtigall drang viel zu früh an ihr Ohr. Sollte das Geschöpf nicht erst gegen Mitternacht sein Lied anstimmen? Celestine streifte den Bademantel ab und beförderte ihn mit einem kühnen Schwung auf den nächstgelegenen

Stachelbeerstrauch. Ein paar Rutschbewegungen und sie fand Halt auf der schiefen Ebene des Fliederbusches. Oh Gott, was würde jetzt passieren? Warten, lange und geduldig warten war angesagt. Die Luft mit ca. 12 bis 14 Grad Celsius fühlte sich viel wärmer an. Sie spürte nichts, jeder Muskel war gespannt.

Hilf mir, Gott, er hat mich wahrgenommen. Sie sah ihn nicht, sie fühlte sein Herannahen. Ganz dicht bei ihr. Jede Faser ihres Körpers schrie vor Lust.

Sie wollte Sex, definitiv wollte sie einen Penis zwischen ihren Schenkeln spüren. Und der Gedanke an die Erfüllung ihres Wunsches entlockte Celestine leise Schreie. Da war er. In das gleiche Nichts gekleidet wie sie. Er schob ihr eine softweiche Decke unter und drang langsam aber passgenau in sie ein. Celestine wollte den lauten Schrei unterdrücken, der ihr in der Kehle saß. Sie war nicht dazu in der Lage, war völlig hilflos. Drei Bewegungen, hinein, heraus, hinein und ein großes Zucken verkündete, es ist schon vorbei, geschuldet ihrer lusterprobten, weiblichen Erfahrung, geschuldet seinem jugendlichen Eroberungsdrang, der sich auf reife Frauen fixierte.

Romuald war Pjotr, hyperintelligenter, pubertierender Junge aus der Nachbarschaft, drei Reihenhäuser weiter, im Winkel zu ihrem stehend, der, gerade sechzehnjährig, soeben seine Dissertation zum Thema „Das Wesen des Phänomens Stalking“ verteidigt hatte.

Rotwild

Es bereitete ihr kein Vergnügen mehr, dem Rindvieh bei der Paarung zuzuschauen, das tägliche Melken reichte ihr als Kontakt zu den Buntgefleckten bereits aus. Längst war in ihr die Sehnsucht nach dem Rotwild entstanden. Der Gedanke, die Hirsche bei den Paarungsritualen zu beobachten, schwelte in ihr schon lange, erst ganz zaghaft, doch dann ließ sie der Wunsch, sich das eigentliche Schauspiel mit dem Fernglas anzusehen, nicht mehr los. Es war nicht klar, ob die Idee zur Ausführung dieser Unternehmung aus ihrer Faszination für die Tierwelt oder ihrer Experimentierfreudigkeit in sexuellen Praktiken geboren wurde.

Sie überlegte tagelang, wie sie es anstellen sollte, ohne eigenen Hochstand die Hirsche zu beobachten und alles richtig zu sehen, ihren Kampf, den Aufstieg des Siegers, seine Kopulation mit den Kühen. Sie wusste auch, dass sie der Anblick des Paarungsrituals sexuell erregen würde. Sie musste eine Möglichkeit schaffen, dort, vor Ort ihr sexuelles Verlangen auszuleben, die brisante Situation auszukosten, sich an etwas zu reiben, einen Orgasmus herbeizuführen. Es musste eine Vorrichtung sein, nur wer sollte sie bauen?
Ellen hatte Zeichnungen erstellt, wie diese Vorrichtung aussehen sollte: die Ablage für das Fernglas, drehbar, auf ein Tischchen montiert, rückwärtig beplankt mit einer Platte aus Holz. Daran einen Holzphallus angebracht und so platziert, dass sie mit leicht gebeugten Beinen dahinter stehen konnte.
Sie ließ sich das Tischchen mit der Fernglashalterung vom Tischler fertigen, inklusive Beplankung. Den Phallus wollte sie selbst installieren. Schon der Gedanke an die Montage trieb ihr das Blut in die Schamlippen. Zwei Tage später rief sie der

Tischler an, die bestellte Ware sei fertig. Ellen ging, das Tischchen abzuholen. Bei der Übergabe schaute sie der alte Baumgarten zweideutig an, ja sie meinte sogar, der Blick sei gierig, sei geil gewesen. Wozu sie es brauchen würde. „Als Melkschemel. Es ist eine neue Erfindung", gab sie ihm schnippisch zur Antwort, sodass jede Widerrede zwecklos erschien.

Den Phallus musste sie sich beschaffen. Sie hatte ihn im Jagdschloss „Schloss Brauneichenwald" entdeckt, als die Melkstation ihren Betriebsausflug dorthin machte. Das Jagdschloss war der Wahnsinn. An sämtlichen Wänden, in allen Sälen und Räumen konnte man unendlich viele Geweihe und Gehörne bewundern. Dazwischen ausgestopfte und präparierte Vögel, kleine Raubtiere und Nager und plötzlich, neben einem schönen dunklen Holzschrank mit gedrechselten Säulen, in einer winzigen Nische dieser Phallus aus Vogelaugenahorn. Sie hatte ihn betrachtet und sogar in ihrer Hand gefühlt, über ihn gestrichen. Er war fest verankert. Daneben ein kleines Schild: „Nicht berühren!" Die Erinnerung an diese unheimlich glatte, schönfarbige Nachbildung eines männlichen Geschlechtsteiles hatte sie nie losgelassen. Sie wusste selbst nicht, warum. Jetzt war es ihr klar.

Ellen überlegte, wie sie wohl dorthin kommen und das begehrte Teil in ihre Gewalt bringen könnte. Wo lag bloß dieses Jagdschloss. Das musste herauszufinden sein. Ellen besaß keinen Führerschein. Vielleicht gab es eine Busverbindung. Sicher gab es eine Busverbindung. Am nächsten Tag recherchierte Ellen. In der Verwaltung kannte sie eine Angestellte. In der Mittagspause kundschaftete sie aus, wo sich das „Schloss Brauneichenwald" befand. Da sie der Direktionssekretärin erzählt hatte, dass sie mit ihrer Cousine einen Ausflug dorthin unternehmen wolle, verriet sie ihr, bei welchem Busunternehmen die Betriebsfahrt gebucht worden war. Vielleicht könnten die beiden Frauen sich einer Reisegesellschaft anschließen. Damit war Ellen ihrer Unternehmung schon ein Stück näher gekommen. Vom Reiseveranstalter erfuhr sie, dass auch Linienbusse zum Jagdschloss führen. Sie buchte zwei Tickets für Hin- und Rückfahrt am kommenden Mittwoch. Der Mittwoch kam, Ellen hatte sich frei genommen, sie hoffte, mitten in der Woche nicht so viele Besucher im Schloss vorzufinden. Der Bus war nur mäßig gefüllt, und in der Weite des Schlosses verloren sich die wenigen Menschen. Ellen tat so, als ob sie schlenderte, suchte zuerst den Ort künftigen Geschehens auf, um sich zu vergewissern, dass das Kunstwerk noch an seinem angestammten Platz zu bewundern war und durchstreifte die anderen Räume, um keinen Verdacht aufkommen zu lassen. Sie trug einen Mantel mit geräumigen Taschen, die jedoch in die Seitennähte eingelassen waren und somit nicht auffielen. Ellens Herz klopfte bis zum Hals, als sie sich nach einer halben Stunde dem Phallus näherte. Es war niemand in der Nähe zu sehen. Die Aufsichtsdame war ihr gerade in entgegengesetzter Richtung begegnet. Ellen nahm zitternd die mitgebrachten Handschuhe aus ihrer kleinen Schultertasche, zog sie rasch über, fasste das Objekt der Begierde mit beiden Händen und versuchte es von der Wand abzuhängen. Es rührte sich nicht, der Phallus war fest verankert. Noch ein Blick nach links und rechts, und sie zog mit aller Kraft an dem Holzstück, dass es samt Verschraubung und Putz aus der Wand riss. Ein leises Geräusch war zu hören. Sie ließ den Phallus unverzüglich in ihre Manteltasche gleiten und trat den Rückzug an. Als sie den Kassenraum passierte, meinte sie, die Dame müsste ihr pochendes Herz hören. Doch dort standen gerade zwei Besucherinnen. Ellen bewegte sich langsam zum Ausgang und stürmte, nachdem sie die schwere Tür hinter sich geschlossen hatte, Hals über Kopf zur Bushaltestelle. Sie sah von weitem, dass der Bus sich aus der Haltestellenbucht entfernen wollte und winkte wie wild. Heute war ihr Glückstag. Der Busfahrer hielt noch einmal und ließ sie einsteigen. Ellen wankte erschöpft nach hinten und ließ sich auf die letzte Sitzbank fallen. Das Fahrzeug war wiederum nur mäßig besetzt und sie allein auf der Rückbank. Draußen begann es zu dunkeln. Sie hatte eine knappe Stunde Fahrt vor sich. Noch immer japste sie von dem ungestümen Lauf vorhin und bekam schlecht Luft. Ein paar Minuten später hatte sie sich erholt. Inzwischen waren schon die meisten Leute ausgestiegen. Der Fahrer schaltete das Licht nur an den angefahrenen Haltestellen an. Die verbliebenen Fahrgäste dösten vor sich hin.

Da nahm Ellen den Phallus aus ihrer Manteltasche und berührte ihn mit der Zunge. Das Holz fühlte sich kühl und sehr glatt an. Sie ließ die Zunge über den gesamten Phallus gleiten, ein-, zwei-, dreimal, bis er rundherum feucht war.

Dann zog sie sich mit der linken Hand den Slip aus und verstaute ihn in der anderen Manteltasche. Die Rechte führte langsam das feuchte Holzstück an ihre heiße Spalte, die längst prall angeschwollen war.

Ellen konnte einen Laut der Lust gerade noch zurückhalten und führte den Phallus vorsichtig ein. Es war so herrlich, dass sie ganz leise stöhnte. Sicher hatte niemand etwas bemerkt. Der lange Mantel verbarg ihre Hand, die das kleine Wunder immer wieder hin und her bewegte. Genau, als der Busfahrer die Beleuchtung einschaltete, um wieder Mitreisende aussteigen zu lassen, erreichte Ellen ihren Orgasmus. Es fiel ihr so unendlich schwer, und sie bedauerte es aufrichtig, sich nichts anmerken zu lassen und trotzdem die größte Lust dabei zu empfinden. Einige Sekunden fehlte ihr das Bewusstsein. Der Busfahrer hatte das Licht wieder gelöscht und schaukelte Ellen und die restlichen Fahrgäste sicher nach Hause. Noch am selben Abend montierte sie das Corpus Delicti am Beobachtungstischchen, stellte alles bereit und begab sich zufrieden ins Bett.

Vier Uhr machte sich der Wecker bemerkbar. Ellen war sofort wach, wusch sich in Windeseile, zog den dicken Pullover an, rollte die Wollstrümpfe bis zu den Schenkeln hoch und streifte den weiten Rock über. Stiefel an, Tischchen unter den Arm und ab aufs Fahrrad. Als sie das schützende Dorf verlassen hatte und am Feldrain entlang dem Walde entgegenfegte, spürte sie massive Kühle, die Nebel stiegen aus den Wiesen. Es fröstelte sie. Doch als sie an das dachte, was sie in Kürze erleben würde, wurde ihr heiß. Sie warf das Fahrrad am Waldrand ins Gras und lief schleunigst zu der Stelle an den Haselbüschen, drüben, wo die Lichtung gut einsehbar war.

Und da kamen sie schon. Zuerst trat der Platzhirsch aus dem Wald, gefolgt von acht Kühen, die völlig desinteressiert und ruhig am Waldrand ästen. Ellen baute schnell das Tischchen auf und richtete das Fernglas ein. Sie blickte sich noch einmal um und drehte den Kopf nach allen Seiten. Alles ruhig. Sie schürzte den weiten Rock rücklings über die blanken Pobacken und bezog hinter der Vorrichtung Stellung. Inzwischen hatte sich in der Nähe des erfahrenen Platzhirsches ein junger Widersacher eingefunden. Er verharrte noch, dann nahm er all seinen Mut zusammen und stürmte auf den Alten los. Sofort verhakten sich ihre Gehörne ineinander. Sie schoben sich gegenseitig vorwärts und rückwärts und standen nicht nur einmal auf den Hinterbeinen und drückten, die Brustbeine aneinander gepresst, die mächtigen Körper und geweihverhakten Köpfe hoch in den Himmel. Laut hallte es weithin, wenn die Giganten aufeinander zupreschten und den Kopfschmuck gegeneinander donnerten.

Ellen sah sich das Duell der Rothirsche voller Bewunderung an, nicht ohne, absichtlich oder unabsichtlich, mit ihrer entblößten Klitoris den Phallus aus Vogelaugenahorn zu streifen. Wohl wusste sie den Unterschied zwischen Brunft und Brunst im Bereich Rot- und Damwild zu benennen. Doch das interessierte ihre Vagina herzlich wenig, sie war nur das ausführende Organ. Die Hirnanhangdrüse dürfte dafür der kompetente Partner sein.

Hochrot im Gesicht, ob der Situation, kam sie auf den Gedanken, dem Leithirsch einen Namen zu geben. Ronny, ja Ronny passte zu ihm. Er schien im Kampf die Oberhand zu gewinnen, der unerfahrene Spießer verfügte noch nicht über die nötige Ausdauer und ließ sich immer weiter zurückdrängen. Ellen hatte nicht bemerkt, wie der Althirsch seinen Gegner näher und näher an ihren Standort trieb. Der war wütend, hatte sie längst als Störfaktor registriert. Er ging zur Attacke über, versetzte seinem geschwächten Rivalen einen heftigen Schlag mit dem Horn und hielt solange stand, bis der Unterlegene das Feld räumte und links an Ellen vorbeistürmte, um das Weite zu suchen. Das ging so schnell, dass sie die Gefahr, die für sie bestand, nicht erkannte. Plötzlich kam Ronny auf sie zu. Ellen wollte aufspringen, davonlaufen, sich retten. Doch das Tier ließ sie nicht auf die Beine kommen, umkreiste sie und stieß ihr blitzschnell von hinten den spitzen Penis in die Vagina. Ronny traf, passgenau. Ellen erstarb der Schrei im geöffneten Mund. So schnell, wie er sie attackiert und ihr aufgesessen hatte, war Ronny auch wieder verschwunden.

Sie begriff es nicht. Gevögelt von einem Rothirsch, hockte sie ratlos über dem wankenden Tischchen. Förster und Waldheger Rollecke, ein etwa vierzigjähriger, leicht stämmiger Mann, hatte das alles voll Erstaunen und mit ansteigender Geilheit beobachtet. Er sah in diesem Moment der Schwäche seine Chance. Er hatte noch vor Ellens Erscheinen auf seinem Hochsitz gesessen, der ihr gar nicht aufgefallen war und dem Treiben mit gesteigerter Erregung beigewohnt. Erst während des ganzen Geschehens, als dessen Ausgang langsam erkennbar wurde, kam ihm der Gedanke, dort weiterzumachen, wo der Hirsch aufgehört hatte. Jetzt war alles egal. Er öffnete in Windeseile seinen Gürtel und zog sich die grüne Latzhose vom Leibe. In vier, fünf Sätzen war er durch das hohe Gras zu Ellen und deren „Ansitz“ gestolpert. Die hatte sich noch nicht von ihrem Schreck erholt und hing geschwächt über ihrem Tischchen. Ein letzter Stolperer – der Förster landete mit seinem erigierten Glied direkt in Ellens Gesäß. Er war genauso schnell am Ziel wie der Platzhirsch. Zwei ungewollte Phallusse innerhalb von fünf Minuten. Und Ellen hatte nichts davon. Die Lichtung war leer. Ronny über alle Berge, das männliche Etwas, das sie nicht einmal zu Gesicht bekommen hatte – verschwunden. War das alles wirklich geschehen? Dabei zuckte ihre Klitoris, dabei hatte sie Lust. Jetzt erst recht. Sie raffte sich auf und fühlte den Phallus aus Vogelaugenahorn an ihrem nackten Bauch entlang gleiten. Sie drückte sich etwas höher und nahm ihn mit ihren geöffneten Schamlippen auf. Drei, vier Bewegungen, hastiger Atem – und ein Brunftschrei erschütterte die kleine Lichtung. Ellen brach ermattet mit ihrem Gestell zusammen und brauchte eine Weile, ehe sie wieder klar denken, ihren Rock über den Hintern ziehen und den zerbrochenen Tisch unter den Arm klemmen konnte. Sie hatte drei Schluckflaschen „Jägermeister" dabei. Die würden ihr jetzt gut tun. Sie legte die Tischfragmente noch einmal ins Gras und ließ nacheinander den Inhalt der Fläschchen in ihren Hals gluckern. Dann wankte sie zu ihrem hingeworfenen Fahrrad, das nicht mehr aufzufinden war, weil es der Förster zur Flucht benutzt hatte, drehte sich einmal um ihre eigene Achse und bewegte sich in Schlangenlinien nach Hause, um ins Bett zu fallen und todmüde einzuschlafen. Morgen würde sie in aller Frühe nach Brauneichenwald fahren und den Phallus aus Vogelaugenahorn wieder ins Jagdschloss schmuggeln.

Der stumme Chauffeur

Sie regte sich wieder einmal viel zu viel auf.

Dabei wollten alle nur ihr Bestes.

Es kam ihr überhaupt nicht in den Sinn, nochmals eine Reha wahrzunehmen.

Vor vier Jahren war ihr eine solche Maßnahme bewilligt worden, sie hatte sie angetreten und nicht im Geringsten davon profitiert. Im Gegenteil, der Aufenthalt erwies sich als Desaster. Sie kehrte kränker und geschwächter nach Hause zurück, als ihr Zustand vor der Reha zu bezeichnen war.

Nein, sie würde keine Reise nach Bad Knarrenstein antreten. Der Name schon erzeugte in ihr Unwohlsein.

Und sie fuhr nach Bad Knarrenstein.

Es lag ihr fern, den Wagen zu nehmen. Sie wollte auch nicht gefahren werden. Sie setzte sich einfach in den Zug. Einiges an Gepäck führte sie mit sich, das sie dreieinhalb Stunden neben ihrem reservierten 1.-Klasse-Platz im Intercity bewachte, weil es ihr eigen war, im fahrenden Zug stets tief und fest einzuschlafen.

Gott sei Dank musste sie nicht auch noch umsteigen.

Die Wald-Kurklinik „Sixtinenhöhe" Bad Knarrenstein hatte ihr zugesichert, sie in Wreda vom Bahnhof abzuholen. Der Zug nahm von da an eine Riesenumleitungskurve bis zum Zielbahnhof Bad Knarrenstein, das hätte eine weitere Fahrtstunde gekostet. Christiane war froh, dass die Zugverbindung in Bad Knarrenstein endete, damit sie ihren Ausstieg nicht verpasste.

Sie hatte zwei Rollkoffer und eine große Schultertasche zu transportieren, die ihr bereits im Zug von einem großgewachsenen, dunkelblonden Mittvierziger, dem Chauffeur der Klinik, freundlich lächelnd abgenommen und zum Kliniktaxi gebracht wurden. Christiane folgte ihm ebenso wortlos und nicht ohne ein Zeichen der Bewunderung.

Die Wald-Kurklinik „Sixtinenhöhe" war eine mittelalterliche Burg von offensichtlich guter baulicher Substanz, die auf einem ziemlich hohen Bergmassiv, am Rande des idyllisch in eine malerische Natur eingebetteten kleinen Kurstädtchens, gebaut worden war.

Christiane traute ihren Augen kaum, mit welch einem Charme diese kleine Ortschaft sie empfing, als sie auf dem Weg bis zur Klinik aus dem Fenster schaute. Wie lieblich das Flair des kleinen Marktes mit seinen drei Gasthäusern anmutete.

Die Betrachtung des Geschehens während der Fahrt hob allmählich ihre Stimmung, und während sie gemächlich das kopfsteingepflasterte Sträßlein hinauf zur Burg chauffiert wurde, empfand sie so etwas wie Erleichterung.

Die Burg war ein Schatzkästlein. Sie thronte oben auf ihrem Felsen so anmutig wie ein Märchenschloss und hatte alles andere als etwas Furchteinflößendes. Türmchen ragten empor und ein riesiges, hölzernes Tor bildete den Zugang hinter die jahrhundertealten Mauern, wo man Christianes Vitalität mithilfe von Unterwassermassagen und Moorpackungen wiederherstellen wollte.

Sie meldete sich an, ließ sich ihren Zimmerschlüssel aushändigen und von Richard, dem stummen Chauffeur, in ihr kleines Reich geleiten. Sie liefen über den Hof, und Christiane fühlte sich überwältigt von der wilden Schönheit der alten Burg. Ein idyllischer Innenhof mit einer großen blühenden Rosskastanie und wallendem Blauregen am Gemäuer ließ schwerlich glauben, dass das Mittelalter so grau und verhängnisvoll gewesen sein soll.

Ihr Zimmer war einfach und zweckentsprechend eingerichtet, Bett, zwei flache Schränke, Nachttisch, ein Clubtisch mit zwei schmalen Bänkchen, auf einer erhöhten Plattform unter dem Fenster angebracht. Nebenan ein kleines Badezimmer.

Kaum in ihrem Domizil allein, fiel sie unvermittelt auf das flache Bett. Sie war völlig fertig und schlief auf der Stelle tief und fest ein.

Da zupfte irgendetwas an ihrer linken Hand, sanft aber fordernd. Sie möge sich erheben und folgen. Sie blickte sich um, sah jedoch nichts und niemand. Und doch zwang etwas Unbekanntes sie, in eine bestimmte Richtung zu gehen, hinaus auf den spärlich beleuchteten Burghof, die große Freitreppe hinunter, auf ein kleines, unbedeutendes Nebengebäude zu und dort in einen kaum wahrnehmbaren Mauerspalt hinein. Christiane war schlank, fast zu schlank, hatte aber das große Glück, mit einem wohlgeformten, keineswegs flachen Busen ausgestattet zu sein. Damit gelang es ihr gerade so, in den Spalt zu schlüpfen. Sobald sie darin verschwunden war – wachte sie auf.

Sie war total verwirrt, wie war sie so schnell wieder in ihr Bett gekommen, eben noch in einem Mauerspalt steckend? Sie wusste nicht, hatte sie gerade eine Wirklichkeit oder einen Traum erlebt? Christiane erhob sich, wie von Geisterhand gezogen. Es war gegen Mitternacht. Der Burghof lag leer und verlassen in einem geheimnisvollen Dämmerlicht. Sie schaute sich um und suchte nach dem Gemäuer mit der Spalte. Christiane glaubte nicht daran, sie zu finden. Der große Hof wirkte unheimlich mit seinen fast schwarzen Gebäuden. Sie riss sich zusammen, obgleich der Rest ihres Mutes gerade noch für den Rückzug gereicht hätte, und suchte weiter. Da, dort im hinteren Teil des Hofes, könnte es gewesen sein. Christianes Herz klopfte heftig, als sie langsam näher schlich. Die Grabesstille bemächtigte sich ihrer, dass sie fast drohte, ohnmächtig zu werden. Sie zitterte am ganzen Körper, als sie in den Mauerspalt, der sich plötzlich unscheinbar aufgetan hatte, einstieg.

Sie kam kaum hinein. Er war so eng, dass ihr dünnes Seidenkleidchen, das sie noch immer von der Fahrt her nicht abgelegt hatte, bereits nach zwei Metern an verschiedenen Stellen, wo die grob behauenen, steinernen Wände eine Winzigkeit weiter in den Gang ragten, zerriss. Christiane atmete hastig.

Sie hätte zurückgehen wollen, aber sie konnte nicht, irgendetwas zog sie vorwärts. Von oben her tropfte es, das Wasser rann an ihrem Körper herunter, die Reste des Kleides klebten daran. Auf einmal meinte sie in weiter Ferne den Schimmer eines Lichtes zu sehen. Der Boden, auf dem sie ging, bewegte sich sacht bergab. Christianes Herz pochte, als wollte es aus der bebenden Brust springen. Immer weiter tastete sie sich in den stollenähnlichen Gang hinein.

Die Luft, die sie einatmete, wurde allmählich wärmer und stickiger. Und der Lichtschein heller. Ein unterirdischer Raum tat sich plötzlich auf, ähnlich einer Tropfsteinhöhle. Sie trat vorsichtig, doch voller Neugier näher und erblickte einen Wasserlauf. Genau vor ihr ein kleines Boot im Wasser, das nicht tiefer als etwa sechzig Zentimeter schien, so als wartete es nur auf sie.

Wie in Trance stieg Christiane ein, spärlich umhüllt von den Resten ihres Seidenkleides. Die langen dunkelblonden Haare lagen in nassen Strähnen auf Rücken und Brust. Mechanisch griff sie nach den Paddeln und versuchte damit vorwärtszukommen, zuerst etwas wackelig, bald jedoch recht geschickt, gelang es ihr, einige Meter dem Wasserlauf zu folgen.

Doch das Boot trug sie zuverlässig und zielsicher der nächsten, von diffusem Licht erhellten, Höhle zu. Sie hörte Stimmen, glaubte männliche und weibliche unterscheiden zu können, vernahm Stöhnen, hastiges Atmen, Keuchen und heisere, leise Schreie, immer lauter werdend. Dann tat sich die Höhle auf. Abrupt endete die Bootsfahrt, denn der Wasserlauf machte plötzlich eine Fünfundvierzig-Grad-Richtungsänderung. Ein Steg versperrte dem Boot den weiteren Weg. Christiane erklomm vom Boot aus vorsichtig, doch ohne auch nur einen Blick vom Inneren des vor ihr liegenden, vibrierenden Raumes zu lassen, den Steg. Sie suchte nach etwas, an dem sie sich festhalten konnte und bekam ein vorstehendes Stück Höhlenwand zu fassen. Wie gebannt und ohne zu atmen krallte sie sich daran fest und starrte in das Innere des Raumes.

Blütenkaskaden von ungeahnter Schönheit in Weiß und mannigfaltigen Pastelltönen fielen von der gewölbten Decke, wie in einer großen Glaskugel, herab. Die Wände der Wölbung schimmerten bläulich, wie Eis. Dutzende brennende Fackeln steckten ringsum und erhellten und wärmten den Raum. Von irgendwoher drang leise, betörende Musik. Auf dem unebenen, matt glänzenden Boden standen überall marmorne Quader, wie bizarre Eisblöcke, die überquollen von Weintrauben, Äpfeln, Feigen und Ananas. Aus den Wänden der Höhle, zwischen den lodernden Fackeln, waren große Stücke Gestein geschlagen worden, die unteren Ebenen fein säuberlich beschliffen, sodass sie hohen, grazilen Flaschen, Amphoren und Weinkelchen einen sicheren Stand boten. Am Boden, neben und zwischen den üppig mit Früchten bedeckten Marmortischen, lagen überall weiche Decken aus Schaffellen, auf denen sich ächzende, stöhnende, winselnde und um Erlösung flehende Leiber wälzten. Eine kopulierende, geile Masse, die in diesem Augenblick nichts weiter zu tun hatte, als ihr, Christiane, zu zeigen, welche Atmosphäre herrscht, was für Funken sprühen, wenn sich etwa zwanzig Männer und Frauen hemmungslos ihrem Sex hingeben.

Christiane stand der Mund offen, ihr Körper zitterte, sie hatte mit der linken Hand ein Stück Felswand heruntergekratzt und starrte, wie in Stein gehauen, fasziniert auf die Szene. Sie ließ kein Auge von den ineinander steckenden Paaren, die nichts davon abhielt, ihre Orgasmen laut schreiend zu erleben.

Zwei männliche Hände umfingen plötzlich Christianes heißen Leib von hinten und hielten sie so fest, dass sie sich nicht rühren konnte. Sie war so erregt, dass sie fast erstickte. Der Rest ihres Kleides wurde heruntergerissen, die Hände des Mannes, den sie nicht sehen konnte, der aber längst wusste, dass ihre Vagina vor Feuchtigkeit überquoll, schoben sich nach oben auf ihre Brüste. Sein Glied drang vorsichtig aber bestimmt in sie ein und gab ihr mehrere harte Stöße.

Dann hielt er inne. Christiane jaulte fast wie ein Hund, sie war schon seit einiger Zeit nahe dem Orgasmus. Es hätte wohl nur noch eines Stoßes bedurft, und sie wäre übergelaufen. Der Phallus in ihr bewegte sich ganz langsam weiter, bis auch sie schreiend die Erlösung fand.

Christiane wachte am Morgen Punkt 7:30 Uhr in ihrem Bett auf, geweckt von ihrem eingestellten Handy, todmüde, mit dem Gefühl, als hätte sie nicht eine Minute geschlafen. Wiederum wusste sie nicht, ob sie einem Traum aufgesessen war oder die beeindruckenden Ereignisse der vergangenen Nacht wirklich erlebt hatte. Sie sah die Szenen wieder ungewöhnlich klar und deutlich vor sich. Plötzlich drehte sich alles in ihrem Kopf. Das Frühstück konnte sie wohl vergessen. Doch den Termin zur

Fango mit anschließender manueller Therapie um 8:30 Uhr wollte sie wahrnehmen.

Wie gerädert stand sie auf, und plötzlich fiel ihr das Seidenkleid ein. Sie trug es gestern Abend, hatte es den ganzen Tag getragen. Sie suchte das Zimmer ab, keine Spur von dem Kleid. Also bestand Hoffnung, dass sie wirklich alles erlebt hatte, was in ihrem Kopf für immer gespeichert war. Brauchte es noch andere Beweise? Der endgültige Beweis war zwischen ihren Schamlippen zu finden. Sie fuhr mit dem trockenen Zeigefinger hindurch und leckte die Feuchtigkeit ab.

Christiane duschte sich zügig, trank nach dem Zähneputzen ein Glas lauwarmes Leitungswasser und sah wieder klar.

Sie ließ die Anwendungen des Tages über sich ergehen, ertrug das erste Arztgespräch, ohne eine Miene zu verziehen und ließ auch das Mittagessen aus. Sie wartete auf den Abend.

Während des Tages hatte sie mehrmals, wenn sie über den Burghof gehen musste, in Richtung des ominösen Nebengebäudes geschielt, aber keine Mauerspalte entdecken können. Mysteriös.

Gegen 16 Uhr meldete sie sich ab und lief hastig den steilen Weg hinunter in den Ort, wo sie am Tag zuvor das kleine Café gesehen hatte. Sie ließ sich einen starken Kaffee geben, knabberte gedankenversunken an dem auf den Tassenrand gelegten Plätzchen und rauchte die nicht vorhandene Zigarette, die sie sich vor drei Wochen unter unsäglichen Beschwerden freiwillig abgewöhnt hatte. Sie musste spätestens 17:30 Uhr wieder oben im Schloss sein. Als sie den letzten Schluck in den Mund fließen ließ, sah sie draußen vor dem Fenster des Cafés das Kliniktaxi langsam vorbeifahren und Richard, der Chauffeur, sah lächelnd zu ihr herüber. Christiane hatte ihn ein wenig vergessen, doch jetzt verwirrte sie die ungewöhnliche Begegnung.

Er hätte sie mit nach oben zur Klinik nehmen können, aber er fuhr einfach vorbei. Christiane legte das Geld für den Kaffee auf den Tisch und verließ übereilt das Lädchen, lief den doch beschwerlichen Weg zur „Sixtinenhöhe" hinauf und stand pünktlich zum Abendessen wieder vor dem großen Tor.

Sie aß einen kleinen Happen und einen Apfel und begab sich voller Spannung in ihr Zimmer. Blicke von Mitpatienten, die gern näher mit ihr in Kontakt treten würden, folgten ihr desillusioniert und verunsichert.

Sie legte sich lang ausgestreckt auf ihr Bett und wartete, bis es so finster war, dass auf dem Burghof die drei altertümlichen Laternen zaghaftes Licht spendeten. Dann stieg sie, mit einer schwarzen, dünnen Bluse und einem ebenfalls schwarzen, weiten Rock bekleidet, so lautlos es ihr möglich war, die große Freitreppe in den Hof hinunter und bewegte sich auf das Nebengebäude zu, ohne einer menschlichen Seele zu begegnen. Der Gedanke an die vergangene Nacht versetzte sie auf dem Weg dorthin in lustvolle Unruhe. Würde sie dasselbe noch einmal erleben? Wer war das männliche Wesen, das ihren Wahnsinnsorgasmus ausgelöst hatte? Sie verlangsamte die Schritte und suchte mit den Augen nach dem Mauerspalt. Hier musste er sein. Sie wurde seiner nicht gewahr und tastete, immer hastiger werdend, das Mauerwerk ab. Nichts. Nicht die geringste Spur eines Spaltes, einer Öffnung oder dergleichen. Auch kein Hinweis, dass da je ein Spalt gewesen war.

Die Anspannung trieb ihr die Feuchtigkeit zwischen die Beine. Sie hatte der Möglichkeit des nochmaligen Erlebens so entgegengefiebert, dass sie nicht wusste, wie sie die Situation jetzt lösen sollte. Die Mauer blieb verschlossen. Da war doch der Wintergarten. Christiane erspähte die Glastür, die gleichzeitig mittels einer Treppe, deren Stufen mit Schieferplatten belegt waren, hinunter in den Burggraben führen sollte. Normalerweise musste sie des Nachts verschlossen sein, doch die Klinke gab nach und den Weg frei. Sie schloss sie sacht hinter sich und tastete am Geländer in den dunklen Burggraben hinab.

Sie suchte und wusste nicht, wonach. Gleich nachdem die Treppe zu Ende war, erstreckte sich eine steinerne Plattform, von einem Mauersims zur Sicherheit umgeben und von einem abnehmenden Mond milde beschienen.

Links, neben der Treppe, war eine Tür in den Stein gelassen. Die Tür war klein und schien zur Hälfte in der Erde zu versinken. Christiane versuchte den Knauf zu bewegen, doch die Tür rührte sich nicht. Dieser Knauf hatte die Form eines kleinen Erlenmeyerkolbens, aus Eisen. War er nicht genau in Höhe ihrer Vagina angebracht worden. Im sechzehnten Jahrhundert? Von einem Schmied hergestellt, der sein Handwerk verstand. Christiane hob den Rock und probierte. Die Kuppe war kalt und etwas zu voluminös, doch nach einigen Bewegungen, die zu erhöhtem Herzschlag führten, passte er genau.

Sie hatte sich darauf eingestellt, hier ihre Befriedigung zu finden und arbeitete munter darauf zu, als sich zwei Hände um ihren Leib legten und sie fest an einen wohlgeformten Körper drückten. Christiane stockte der bereits hastig gehende Atem. Sie war sofort entschlossen, alles mit sich geschehen zu lassen, denn die Hände waren die vom gestrigen Abend. Der Unbekannte band ihr ein Tuch über die Augen und drehte sie sanft zu sich um. Er fasste ihren rechten Oberschenkel und legte ihr Bein um seine Hüfte. Sie fühlte, wie sich ihre prallen Schamlippen

110

öffneten und einen Penis aufnahmen. Der Unbekannte hielt Christiane umschlungen und trieb sanft, aber mit leichtem Druck, immer wieder seinen Phallus in sie hinein, bis sie mit unterdrücktem Schrei gekommen war. Er küsste sie zärtlich, viel zu zärtlich für einen fremden Mann, dann sank sie völlig entkräftet in sich zusammen und war kurz davor, das Bewusstsein zu verlieren. Da zog er sie hoch und zeigte ihr sein Gesicht. Christiane sah vor sich Richard, den Chauffeur, dann schwanden ihr die Sinne.

Den nächsten Morgen erlebte sie sehr qualvoll. Sie befand sich in ihrem Bett und konnte sich an nichts erinnern. Die vergangene Nacht war völlig ausgelöscht. Sie fühlte sich ausnehmend schlecht und ein Stein lag auf ihrer Brust, als würde sich Unheil anbahnen.

Als sie beim Frühstück erfuhr, dass einer der Angestellten, der um sechs Uhr seinen Frühdienst antreten wollte, unten am Fuße des Burggrabens Richard, den Chauffeur, tot aufgefunden hatte, verließ Christiane den Speisesaal, ging die schieferne Treppe am Wintergarten hinunter bis zur Plattform des Burggrabens, erklomm den Mauersims und sprang hinterher.

Verlaufen im Garten der Erinnerung

Solange sie denken konnte, gehörte sie zu den merkwürdigen Menschen, die mit Vorliebe Friedhöfe besuchen. Friedhöfe waren für sie Orte, die sie beruhigten, an denen sie abschalten, wo sie meditieren und auch neue Kraft schöpfen konnte. Friedhöfe flößten ihr nicht, wie anderen Leuten, Furcht ein, erregten in ihr kein Gruseln, sondern regten sie an zum Schreiben und weckten in ihr die Neugier, Menschen zu beobachten, vielleicht kennenzulernen.

Genau vor einer Woche war sie in eine ländliche Gegend gefahren, weil ihr zu Ohren gekommen war, dass dort ein Zirkusdirektor beigesetzt werden sollte und Zirkusleute eine besondere Zeremonie aus ihren Begräbnissen zu machen pflegten. Die Trauergäste waren sämtlich in ihren Kostümen erschienen, die sie in der Manege trugen. Man gewahrte ein Glitzern und Funkeln, bereits als man das große Tor zum Friedhof passierte. Dann hatten die Artisten die verschiedensten Tiere mitgebracht, weil es sich der Direktor zu Lebzeiten so gewünscht hatte.

Als der Pfarrer am Grab den Verstorbenen segnete, begann plötzlich ein buntes Treiben. Ein Jongleur fing an Teller zu balancieren, mehrere Akrobaten beiderlei Geschlechts bauten aus ihren Körpern eine hohe Pyramide, ein Pferdedresseur zeigte mit seinem Tier die hohe Schule und zwei Totenkopfäffchen umrundeten die Grabstätte mit winzigen Fahrrädern. Die Dompteurin hatte allen Ernstes vor ihren Tiger vorzuführen, aber das ging dem Pfarrer dann doch entschieden zu weit.

112

Melanie war nicht die einzige Fremde, die Interesse und Neugier hierher gelockt hatten. Das kleine Friedhofsgelände quoll förmlich über, so viele „Trauergäste" hatten sich angesammelt.

Als die hinterbliebenen Gaukler mitten in ihren Darbietungen waren, wurde Melanie von einer sehr jungen Frau angesprochen, die sie irritiert fragte, was das hier wäre. Melanie verlor sich in Erklärungen und regte damit ein Gespräch an, in das die sehr junge Frau gern einstimmte. Sie verlagerten ihre Unterhaltung dann doch nach draußen, als der Pfarrer ihnen zu verstehen gab, das Friedhofsgelände nun abschließen zu wollen. Katharina, man einigte sich auf die Vornamen, erklärte Melanie, zufällig mit dem Auto hier vorbeigekommen zu sein. Sie wollte eine Freundin besuchen, die sie nicht angetroffen hätte und gewahrte aus einiger Entfernung die illustre, bunte Menge, die sich auf den Gottesacker zubewegte. Die Frauen fanden Gefallen aneinander und verabredeten sich auf einem Friedhof. Den Ort des Geschehens sollte Melanie auskundschaften und Katharina benachrichtigen, die ihr einen Zettel in die Manteltasche schob.

Am darauffolgenden Dienstag war es soweit. Im Elbinger „Garten der Erinnerung", dem ein Friedpark zugehörte, sollten betagte Zwillinge beigesetzt werden, die am gleichen Tag eines natürlichen Todes gestorben seien.
Die Trauerfeier war um elf Uhr anberaumt worden, und Melanie und Katharina trafen fast zeitgleich auf dem Parkplatz vor dem „Garten der Erinnerung" ein. Sie hatten noch etwas Zeit und schlenderten in das nahegelegene Café, das für die Trauergäste bestimmt war. Sie nahmen Platz und bestellten sich ein Getränk. Gerade verließen die letzten Gäste den Raum. Melanie fand Katharina sehr schön und ausreichend sexy und konnte kein Auge von ihr lassen. Katharina bemerkte es und wirkte etwas

unruhig, erwiderte jedoch den Blick unzweifelhaft positiv und bekundete ihre Sympathie mit einem Lächeln. Sie begann aus ihrem Leben zu erzählen. Bereits sehr zeitig hatte sie durch einen Unfall beide Eltern verloren. Sie wuchs bei der jung gebliebenen Großmutter auf. Diese hatte als Mimin viele Jahre an einem kleinen Provinztheater gespielt und der heranwachsenden Enkelin einige Storys aus ihrem Theaterleben erzählt. Da sich zwischen den beiden Frauen ein Knistern aufgebaut hatte, entschloss sich die verlegene Katharina, zunächst eine Geschichte preiszugeben: „Ein betagter Schauspieler, in seinen Glanzzeiten eine gefragte Persönlichkeit, lernte bei einer Aufführung eine sehr nette Kollegin kennen, die die Rolle einer hinkenden Tänzerin übernehmen sollte." Bei diesen Worten kam die Kellnerin an den Tisch und bat die Rechnung legen zu dürfen. Das Café sei nach der Trauerfeier vollständig ausgebucht. „Klar, auch Zwillinge haben ihren eigenen Familien-, Freundes- und Bekanntenkreis. Da braucht sich keiner zu wundern, wenn eine riesige Trauermasse hernach das Fell der beiden Verstorbenen versäuft! Die Beisetzung! Jetzt haben wir alles verpasst, Katharina." Die Angesprochene zuckte die Achseln.

Sie zahlten und durchmaßen den Weg zur Trauerhalle mit schnellen Schritten. Vergeblich, sie war und blieb verschlossen. Nach Beginn der Trauerfeier werden Nachzügler nicht mehr eingelassen. Dazu kam, dass sie sowieso Fremde waren. Verärgert blickte sich Melanie im Vorraum um und entdeckte eine nur angelehnte Tür. Ein Abenteuer winkte. Sie zog Katharina hinter sich her, und die beiden verschwanden hinter der Tür, obwohl es in dem Raum stockdunkel und Katharina nicht wohl dabei war. Sie wollte wieder hinaus, doch Melanie schloss die Tür.

Bei diesem Raum handelte es sich offenbar um einen Nebenraum des Krematoriums. Katharina gruselte es. Eine große Pforte im Hintergrund konnten die beiden nur erahnen, weil ein mehr als spärlich scheinendes Licht, aus drei winzigen, im Raum kurz unter der Decke angebrachten Lämpchen, nicht mehr zuließ. Eine Art Notbeleuchtung. Katharina stand wie angewurzelt und blickte ungläubig in Richtung dieser eisernen Tür. Melanie näherte sich ihr von hinten und umfasste vorsichtig aber bestimmt ihre Taille. Die Überraschte erschrak, konnte sich aber nicht wehren, wollte es auch nicht. Melanie, die einige Zentimeter größer war, ließ eine Hand los und bog Katharinas Kopf nach hinten. Zwei feuchte, sanfte Lippen legten sich auf die ihren, liebkosten sie zärtlich und immer heftiger und wurden zum leidenschaftlichen, Katharinas ganzen Körper durchzuckenden, Kuss. Sie hatte sich inzwischen zu Melanie umgedreht und ließ sich innig umarmen. Die Geliebte umfasste ihre Hinterbacken, drückte sie fest an ihr Geschlecht und begann zu reiben. Katharina wehrte sich nicht, atmete heftig und fühlte, wie sich ihre Schamlippen mit Blut füllten. Die zwei Frauen verloren jegliches Gefühl für ihre Umgebung.
Doch plötzlich erschallte ein Geräusch, als würde irgendetwas Schweres irgendwo hingeschoben. Es kam aus dem Raum hinter der eisernen Tür. Ein neuer Sarg für eine neue Feuerbestattung? Katharina erschrak aufs Äußerste, konnte sich jedoch nicht von ihrer Partnerin lösen. Diese hatte Katharinas Rock gehoben und fuhr mit der rechten Hand in ihren Slip, um die schon vergrößerte Klitoris zu massieren und ihr mit einem Finger in den feuchten Vaginaspalt zu dringen. Es war nicht schwierig, er rutschte ganz schnell hinein und wieder heraus. Katharina stöhnte, Melanie küsste sie wieder, denn das Stöhnen wurde

immer lauter. Die Liebste musste gleich kommen, Melanie war es bereits. Katharina warf sich ihrem Finger entgegen und zitterte heftig. Sie hatte Gänsehaut am ganzen Körper. Noch zwei Stöße, und sie empfand einen Orgasmus, wie sie ihn noch nicht kannte. Melanies Mund verschluckte Katharinas leidenschaftlichen Schrei und sie ließ ihre Handbewegung langsam abebben, um dann vorsichtig ihren Finger aus Katharinas Spalte zu ziehen. Die Geliebte war so geschwächt, dass sie für einen Moment aus Melanies Armen zu rutschen drohte. Melanie zog sie unsanft nach oben und schüttelte sie. Alles in Ordnung? Die beiden Frauen richteten ihre Kleider und Haare und gingen auf Zehenspitzen zur Ausgangstür.

Melanie öffnete sie geräuschlos, und die beiden schlüpften hinaus, gerade noch rechtzeitig, denn in der nächsten Minute wurde die Tür der Feierhalle geöffnet und spuckte eine Masse Hinterbliebene aus, die dem Friedpark entgegenströmten, um die Beisetzung der Urnen schnell hinter sich zu bringen. Einige machten sich gleich aus dem Staub und lenkten ihre Schritte gen Trauer-Café, um dort schon mit dem Versaufen des Felles, bzw. der Felle zu beginnen. Melanie und Katharina verharrten, bis die Letzten des Trauerzuges an ihnen vorübergingen. Sie wurden sogar noch in das Trauer-Café eingeladen, doch sie lehnten dankend ab. Sie gingen zusammen auf den Parkplatz. Melanie machte den Vorschlag, Katharina möge doch ihren Wagen hierlassen und mit zu ihr in die Wohnung kommen. Was einmal begonnen worden war, sollte man doch gleich vertiefen. Katharina verneinte, sie sei noch so durch den Wind, sie müsste sich erst einmal sammeln. Melanie, etwas enttäuscht aber taktisch nicht unklug, reichte ihr einen Zettel, auf den sie soeben ihre Telefonnummer geschrieben hatte. „Ruf mich an, wenn dir danach ist." Katharina steckte ihn zögernd in die Manteltasche und ging stumm zu ihrem Auto. Melanie blickte der überaus jungen Frau mit großer Sehnsucht nach und fügte sich in das Unabänderliche.

Auf der Rückfahrt ließ sie alles noch einmal Revue passieren. Wie weich ihre Haut war. Wie sie zitterte unter Melanies Händen. Es kam schon wieder über sie. Melanie fuhr auf einen kleinen Waldweg und hielt den Wagen an. Ohne sich auch nur umzublicken, entledigte sie sich hastig ihrer schwarzen Hose, unter der sie nackt war und schwang sich über den Gangschaltungsknauf. Sie musste sich erst ein wenig daran reiben, ehe sie ihn einführen konnte. Die Feuchtigkeit ihrer Vagina half ihr dabei. Mit geschlossenen Augen und vor Geilheit geöffnetem Mund fegte sie über den Knüppel, bis ihre ungeheure Erregung in ein Krächzen überging. Als ihre Spalte zu zucken begann, fiel sie seitwärts in die Beifahrerpolster. Zwei männliche Jugendliche stoben von dannen. Melanie bemerkte es nicht. Ihr Geschlecht schmerzte, der Knauf war wohl doch etwas zu mächtig. Sie kleidete sich wieder an, fuhr im Eiltempo nach Hause und zog sich um. Den Rest des Tages verbrachte sie im Büro und arbeitete dem Steuerberater zu.

Ida, die Sekretärin, sagte, dass ein Mann angerufen und nach ihr gefragt hätte. „Nein, er hat sich mit Bertram vorgestellt und nichts an dich ausgerichtet." Bertram, Bertram kannte sie nicht. „Ich sagte ihm, du seiest am Nachmittag wieder zu sprechen."

Die Vorbereitung der Steuererklärung war nicht einfach. Sie rief Georg an: „Wie willst du diesmal die Belege geordnet haben? Ich blicke hier nicht durch!" Sie solle morgen rumkommen. Er würde es erklären. Melanie knurrte. Kurz vor 17 Uhr kam der Anruf von diesem Bertram, ob Melanie

Eberhard inzwischen eingetroffen sei. Er würde kommen. Nein, einen Termin brauche er nicht. Melanie knurrte abermals. Sie war zweiunddreißig und Chefin… Sie konnte sich doch nicht von so einem Bertram auf der Nase herumtanzen lassen. „Wenn er bei dir eintrifft, sag mir vorher Bescheid“, instruierte sie Ida. Es dauerte nicht lange, und Ida drückte den Warnknopf. Melanie blickte in den Spiegel, entleerte den Aschenbecher in den Papierkorb und drückte zurück. Ein junger, hochgewachsener und keinesfalls hässlicher Mann trat ein, reichte Melanie die Hand und stellte sich vor. Sie bot ihm Platz und schwieg. Sie erfuhr ohne Umschweife, dass dieser junge Mann der ältere Bruder von Katharina Bertram war. Melanie verzog keine Miene. „Ihre Sekretärin war so freundlich, mir die Adresse zu nennen. Meine Schwester hütet das Bett. Sie weint und war zuerst nicht ansprechbar. Erst, nachdem ich sie eindringlich gebeten hatte, erzählte sie mir von Ihrer Begegnung. Sie hat sich verliebt und ist doch völlig aufgelöst, weil ihre geschlechtliche Gesinnung eine ganz andere ist.

Wir sind eine christliche Familie und Katharina noch so jung. Sie wurde vor ein paar Tagen erst achtzehn. Sie kennt die Welt noch nicht, der erste Freund hat sie sehr enttäuscht, seitdem kam kein zweiter. Und jetzt das Abenteuer mit Ihnen.“ Melanie hatte noch kein Wort erwidert und wollte auch den Teufel tun.

„Bitte, Frau Eberhard, brechen Sie die Verbindung ab, stellen Sie Katharina nicht mehr nach.“

„Ich habe keinerlei Daten von Katharina. Ich weiß nicht, wo sie wohnt und bin nicht mit ihr verabredet“, erwiderte Melanie, „also was wollen Sie?“ „Ich bitte Sie nur, von selbst nichts zu unternehmen. Und ich danke Ihnen dafür.“ Damit verbeugte er sich leicht und verließ das Zimmer.

Melanie starrte minutenlang vor sich hin. Ida klopfte und steckte den Kopf herein: „Ist alles in Ordnung?", fragte sie. Melanie hob abwehrend die Hand und bedeutete ihr zu gehen. Achtzehn also, dachte Melanie. Vierzehn Jahre jünger als ich. Ich hatte ja auch nicht vor, sie gleich zu heiraten. Das war es dann also. Sie nahm ihre Tasche, verabschiedete sich von Ida und fuhr in ihre Wohnung.

Sie schreckte aus dem Schlaf auf. Das Handy schrillte. Wie spät mochte es sein? Es war noch hell draußen. Melanie wusste einen Moment nicht, wie sie um diese Zeit ins Bett gekommen war. Ehe sie an ihr Handy kam, hatte der Anrufer wieder aufgelegt. Melanie legte sich zurück in die Kissen und ihre Augen fielen wieder zu.

Sie hatte sich gerade zwei Eier in die Pfanne geschlagen und war im Begriff, Schinkenwürfel dazuzugeben, als sie ein Klingeln an der Wohnungstür vernahm. Die Uhr zeigte 19:20 Uhr, wer besuchte sie zu dieser Zeit. Melanie warf sich einen Hausmantel über den nackten Körper und ging zur Tür. Aus dem Lift stieg – Katharina Bertram. Entgegen den traurigen Schilderungen ihres Bruders las Melanie in ihren Augen eine Entschlossenheit, die sie etwas bedrohlich fand. „Katharina", sagte sie nur und bat die Frau, die bereits ihre Geliebte war, herein. Katharina ging freundlich an ihr vorbei und blieb an der Wohnzimmertür stehen. „Ich möchte mich bei dir für meine Schwäche und das Auftreten meines Bruders entschuldigen", bot sie Melanie mit sanfter Stimme an. Melanie reichte ihr die Hand und lächelte. Katharina blickte ihr fest und liebevoll in die Augen und zog die wesentlich Ältere an sich heran. Melanie war einigermaßen überrascht, ließ es jedoch geschehen. Katharina legte zwei weiche, duftende Lippen auf Melanies Mund und gab ihr einen langen, unter die

Haut gehenden Kuss. Melanie tastete vorsichtig unter Katharinas Pullover nach ihrer Brust. Katharina wehrte sich nicht, die Brustwarze hatte bereits den alles versprechenden Härtegrad erreicht. Melanie massierte das feste Fleisch ihres Busens und führte die Geliebte zum Bett hinter dem Vorhang. Katharina hatte nichts dagegen. Melanie zog ihr ganz langsam die Hose und Strümpfe aus. Der Pullover folgte und enthüllte eine solche junge Schönheit, dass sie voller Bewunderung innehielt. Was für ein wunderhübscher Körper, ohne jeden Makel. Bei ihr, Melanie, zeigten sich schon die ersten winzigen Fältchen um Augen und Mund. Katharinas Gesicht glich einem Pfirsich. Melanie entfernte mit unsicheren Fingern den klitzekleinen Slip und sah zum ersten Mal ihre Scham. Ein dünner Strich sich kräuselnder Härchen zog Melanies Hand an und weckte erneut ihre Begierde. Sanft strich sie mit zwei Fingern darüber und ließ einen davon in die feuchte Öffnung gleiten. Sie war so gefesselt von dem Anblick, der sich ihr bot, dass sie gar nicht auf den Gedanken kam, sich selbst zu entkleiden. Das holte sie jetzt nach, indem sie kurz von Katharina abließ. Dann legte sie sich mit einer solchen Präzision auf die Geliebte, dass Melanies Vagina genau auf die Katharinas traf. Ihrem Mund entschlüpfte ein leiser Schrei, der von Melanies Mund aufgefangen und auf die bebenden Lippen übertragen wurde. Unwesentlich später ließ Melanie ganz vorsichtig ihre Zunge über den Nabel der Zitternden nach unten gleiten. Ganz langsam näherte sie sich Katharinas Schamhügel. Katharina stöhnte immer heftiger und lauter, und Melanies Zunge rutschte geräuschvoll zwischen die Schamlippen der Geliebten, wieder und immer wieder, bis die Liebste sich befreit aufbäumte, um sogleich entkräftet in die Kissen zu fallen. Sie stöhnte leise und in

Synkopen: „Du – bist – verrückt. Ich – kann – dich – nicht – lassen."

Melanie lächelte, ohne dass es Katharina sah. Sie wollte die Freundin nicht mit der Frage, „Was sagt dein Bruder dazu?", erschrecken. Sie stellte die Frage später am Tisch, als sie Miesmuscheln im Kräutersud aufbrachen und genussvoll mit weißem Wein verspeisten. „Das geht ihn nichts an. Dennoch habe ich ihm erklärt, dass ich lange mit mir gerungen habe, um mich zu entscheiden. Und meine Entscheidung ist unwiderruflich. Wenn du es auch willst, Melanie?"

Melanie aß zuvor fünf Muscheln, ehe sie Katharina antwortete: „Wir treffen uns nächste Woche Mittwoch 14 Uhr auf dem Stadtgottesacker von Bullstedt-Gratz. Dort wird eine Führung sein. Der Stadtgottesacker beherbergt eine größere Anzahl historischer und berühmter Persönlichkeiten, die in phantastischen Gräbern oder tief in Grüften ruhen. Ich möchte gern an dieser wertvollen Führung teilnehmen. Wenn du willst, ja wenn du überhaupt willst, können wir gemeinsam in meinem Wagen dorthin fahren." Katharina blickte sie die ganze Zeit, während sie sprach, mit großen, verständnislosen Augen an. Melanie tat, als bemerke sie es nicht und trug das Geschirr hinüber zum Spülbecken. Katharina trank ihren Sekt in einem Zuge aus und folgte ihr. Vor dem Spülbecken bog sie Melanies Gesicht zu sich herüber und fragte: „Was - willst du von mir?" „Mit dir Spaß haben, gemeinsam Trauerfeiern besuchen, wunderbaren Sex erleben. Alles andere kommt von selbst. Oder nicht. Wir werden nichts übereilen und nichts erzwingen. Sonst fliegt der Spaß so schnell davon, wie er uns überwältigt hat." Damit war von ihrer Seite alles gesagt. Katharina schwieg etwas betreten und musste einsehen, dass Melanie recht hatte. Es gab keinen Grund, beleidigt oder gar enttäuscht zu sein. Dann riss sie sich zusammen, lächelte und gab Melanie einen Kuss: „Es war schön. Also bis nächste Woche Mittwoch, Stadtgottesacker Bullstedt. Wir treffen uns dort. Ich komme mit meinem Wagen." Damit nahm sie ihre Tasche und flog davon wie ein Vögelchen.

Tannengestöhn

Sie dachte auf dem Rückweg über vieles nach.

Der Abend schien ein sehr schöner zu werden. Die laue Luft und die letzten Vogelstimmen des Tages begleiteten sie das kleine Stück am Waldrand entlang bis in die nahegelegene Ortschaft, wo sie sich vor zwei Jahren ein kleines Häuschen gemietet hatte. Sein Zustand schien ihr nicht besorgniserregend, und da sie wenig anspruchsvoll war, beschloss sie sofort einzuziehen, hatte mit einer Freundin die wenigen Räume tapeziert und noch ein paar Möbel zu ihren spärlichen Einrichtungsgegenständen dazugekauft.

Valerie war durch die Natur nicht mit übermäßiger Schönheit ausgestattet, doch eben hässlich konnte man sie auch nicht nennen. Mit ihren siebenunddreißig Jahren zählte sie nicht mehr zu den ganz Jungen, und wenn sie sich etwa fragte, warum es keinen Mann an ihrer Seite gab, wusste sie keine rechte Antwort darauf. Valerie hatte sich das Ziel gesetzt, erst das Abi, danach ein Studium, nach dessen Abschluss erst mal lange nichts, bis sie sich binden und eine Familie gründen wollte. Valerie war so auf diese Lebensplanung fixiert, dass sie nicht nach rechts und links schaute und etwaige begehrliche Blicke einfach ignorierte. War es jetzt vielleicht zu spät?

Valerie bezeichnete sich sowieso als Einzelkämpferin und war damit ganz zufrieden. Das Arbeitsamt Donnershagen hatte sie zum Forstamt in Möllens geschickt. Dort wurde sie als Sekretärin und Mädchen für alles eingestellt. Die Frau des Försters führte das Regiment im Hause, denn ihr Gatte glänzte des Öfteren durch Abwesenheit, die eigentlich nicht zu erklären war. Keiner wusste, wo sich der Herr Stompen mitunter für eine geraume Zeit aufhielt. „Mit welchen beruflichen Qualitäten sind Sie gesegnet, Kind?“, hatte die Förstersfrau sie zuerst begrüßt. Valerie gab bereitwillig Auskunft: „Ich bin ausgebildete Verkehrspolizistin, habe zwei Jahre im Beruf gearbeitet und aus gesundheitlichen Gründen noch mal eine Ausbildung gemacht. Jetzt bin ich Betriebswirtin.“

Frau Stompen hatte vom lieben Gott eine sehr spitze Nase und eingefallene Wangen bekommen. „Fangen Sie nichts mit meinem Mann an, dann soll es Ihnen hier nicht schlecht ergehen.“ Damit war für die nächsten drei Tage das letzte Wort gesprochen. Jeden Morgen lag ein Auftragsbogen auf ihrem Schreibtisch, den es abzuarbeiten galt. Die Försterin, über diesen Begriff, mit dem sich Frau Stompen unverdientermaßen gerne schmückte, im Allgemeinen stillschweigend hinweggesehen wurde, werkelte in der Küche und bereitete das Frühstück.

Dann kam ihr Mann, zog einmal genüsslich die Nase hoch und sprach das Vaterunser. Schweigend nahm man die erste Mahlzeit des Tages ein. Förster Stompen musterte die „Neue“ mit argwöhnischen Augen, fast auf dem Tisch liegend, auf seine Unterarme gestützt, hin und wieder von der Suppe schlürfend, die ihm seine Frau jeden Morgen, ohne Unterlass, vor die Nase setzte. Als die letzten Tropfen die Wachstuchtischdecke benetzten, brummelte er, wie jeden Morgen, in den Bart: „Weiß nicht, ob ich heute wiederkomme.“ Damit verschwand er, das rechte Bein nachziehend, aus der Küche und verließ mit seinen immer schmutzigen, niemals auch nur einen Tropfen Wasser zu Gesicht bekommenden, Stiefeln das Forsthaus.

Seine Frau hatte nicht hingehört und gab bereits während des Abschiedsgrußes ihres Gatten der neuen Sekretärin Anweisungen, wie sie den Waschraum zu reinigen hätte und den Backofen mit geeignetem Spray picobello spiegelblank bekäme.

Verwundert und resignierend nahm Valerie die Befehle, die weit über den Rahmen ihrer Tätigkeiten hinaus gingen, in sich auf und verließ die herrische Frau.

So blieben die eigentlichen Aufgaben Valeries, wie fortan jeden Tag, bis zum Feierabend liegen, um dann in Windeseile, notgedrungen, halbherzig, erledigt zu werden. Die Frau sagte, wann sie gehen konnte, heute entließ sie Valerie um 17 Uhr. Nun befand sie sich also auf dem Heimweg und hatte die ganze Strecke, vom Forsthaus bis zur Waldlichtung, über diesen vergangenen ersten Arbeitstag nachgedacht.

Inzwischen, nach einer Woche, war alles wie am Anfang. Auch heute hatte die Förstersfrau den ganzen Tag diktiert, wie ihre Angestellte die Arbeit verrichten sollte. Nachdem sie auch wieder den ganzen Tag nichts von ihrem Mann gehört und gesehen hatte, auch nicht ein Schuss aus seiner Schrotflinte gefallen war, der ihn wenigstens bei der Arbeit hätte vermuten lassen, setzte sie sich resignierend bei Funzellicht an den Schreibtisch und bewältigte ihren Bürokram.

Valerie kam aus dem Tritt und stolperte, weil sie ein Geräusch aus Richtung der alten hohen Tannen zu vernehmen glaubte, die zusammen in einer Gruppe, etwas abseits des Waldweges, standen. Sie fing sich gerade noch und blieb lauschend stehen. Da ächzte jemand. Oder war das ein Stöhnen, was sie als Ächzen vernommen hatte? Ja, da stöhnte jemand. Aber wo befand sich dieser Jemand? So sehr sie die Augen auch anstrengte, die kleine Lichtung blieb menschenleer. Es kam ihr vor wie eine Tonbandaufnahme. Valeries Herz klopfte einen schnelleren Takt. Wenige langsame Schritte wagte sie sich noch vorwärts. Die stöhnenden, manchmal hastig pfeifenden Töne wurden lauter und intensiver. Valerie traute sich nicht näher. Irgendetwas ließ sie stocken.

Was war das bloß für eine Situation, in der sie sich befand! Wurde sie Zeugin einer sexuellen Orgie? Doch wer könnte Partner oder Partnerin des Mannes sein, dessen Orgasmus in naher Zukunft zu erwarten war? Trieb es die männliche Stimme mit sich selbst oder litt sie unter Halluzinationen? Da, der Mann hatte eine kurze Pause eingelegt, doch da war es wieder, ein Gurgeln und Zischen hörte sie. Das Knacken von Geäst in einer der Tannenkronen ließ Bewegung erkennen. Die Baumwedel wippten kräftig, Zapfen prasselten in Massen herab. Affen gab es hier wohl nicht, doch für einen Vogel oder Eichkater war das Rauschen und Astknacken ungewöhnlich laut. Sie nahm ihr Herz in die Hand und ging auf Zehenspitzen noch ein winziges Stück näher an die Tannengruppe heran.

Nichts war zu sehen. Jetzt ächzte er wieder, aber wesentlich erregter. Zwischendurch ein heiseres Hüsteln, als könne er vor Erregung nicht richtig atmen. Aber wo blieb die Stimme der Frau, ließ sie es einfach über sich ergehen? Valeries Blick schweifte von links nach rechts, dann sah sie nach oben und traute ihren Augen nicht. In etwa sieben oder acht Meter Höhe saß ein Mann im Baum, besser in einer Astgabel, röchelte heiser und atmete sehr schnell. Seine Hand umspannte innehaltend sein aufgerichtetes Glied. In den nächsten zwei Sekunden musste er kommen. Offensichtlich trug er nichts weiter auf dem Leib als ein Achselshirt. Valerie konnte sein Gesicht nicht sehen, er hatte den Kopf in Trance nach hinten gebogen. Dann rieb er den Phallus wieder, nur zweimal, stockte erneut und begann fast kläglich zu jammern. Valerie konnte den Blick nicht lassen. Ihr Nacken schmerzte. Noch nie hatte sie etwas Derartiges zu sehen bekommen, noch nie von einer solchen sexuellen Praktik gehört. Sie spürte, wie ihr das Blut in die Lippen der Vagina schoss. Valerie hörte so aufgewühlt zu, dass sie nicht bemerkt hatte, wie ihr die rechte Hand in die Hose gefahren war. Das Massieren der Klitoris tat ihr wohl, selbst wenn ihr mit der Hand auch die Angst in der Hose saß. Wie würde der Mann reagieren, die Situation verlaufen, wenn der Orgasmus ihn erzittern ließe, vielleicht zucken, würde er ihn still erleben oder …

Dann geschah das Unfassbare, Grauenhafte. Plötzlich stieß das Phantom einen markerschütternden Schrei aus, und zwei Sekunden später schossen zwei nackte Männerbeine aus den unteren Wedeln der Nadelbäume, die sich bereits fünf bis sechs Meter über dem Waldboden befanden, um wie an zwei Gummibändern befestigt, immer wieder in die Höhe zu schnipsen. Dann hingen sie ruhig und leblos einfach aus dem dichten Tannengrün heraus. Valerie stand, wie in den Boden geschlagen.

Sie war heftig erschrocken, wollte weglaufen, wechselte jedoch hastig die Richtung und rannte, so schnell sie konnte, auf die vermeintliche Unglücksstelle zu, um zu helfen. Welch ein Anblick! Es bot sich ihr ein merkwürdiges und beklagenswertes Bild: Ein nackter Mann mit entblößtem Glied hing hilflos unter der Tannenkrone. In einer Höhe von vielleicht fünf Metern!

Hoch über sich gewahrte Valerie die erbärmliche Gestalt des Försters, völlig nackt, nur die Fetzen eines grauen, vor Urzeiten einmal weißen Unterhemdes auf den knorrigen Schultern. Die bloßen Beine steckten in schlappen Strümpfen und Bergsteigerschuhen. Wie war der da hinaufgekommen! Valerie bemerkte beim Umherschauen eine hohe Anstelleiter aus Tannenstaken, die gegen den schief gewachsenen Baum gelehnt war. Mittels dieses fragwürdigen Steigutensils musste Stompen da hinaufgelangt sein. Eine ganz schöne Leistung für den bereits betagten Mann. Aber offensichtlich betrieb er den heiklen Anstieg täglich, das also war sein geheimes Fernbleiben. Während dieser Gedankenführung hatte Valerie nicht bemerkt, dass der Körper über ihr leblos hing. Und dann fiel ihr noch ein Seil auf, welches der Förster um seinen Hals trug und das sich offensichtlich zuzuziehen drohte.

Da packte Valerie die Panik. Ohne sich weiter in Gedanken zu verlieren, entledigte sie sich rasch ihrer High Heels, schleuderte sie weit von sich und zog den Mantel aus, raffte den Rock hoch und begann auf der Leiter nach oben zu steigen. Es ging besser als sie dachte. Ein leichtes Schwindelgefühl überkam sie, doch die Anspannung drückte es sogleich wieder weg. Als sie in die Nähe des leblosen Försters kam, empfing sie eine schreckliche Szenerie: Stompen hatte sich wohl in den Wipfeln des schräg gewachsenen, mit einer Astgabel versehenen Nadelbaumes festgesetzt, von der er aber offenbar abgeglitten war.

In dieser Astgabel, die entstanden war, als der Baum aufgrund irgendeines Ereignisses eine zweite Spitze gebildet hatte, brachte er sich also selbst seine Orgasmen bei. Seine Kleider hatte er wohl unter das nackte Hinterteil gelegt und, um den Kick des Höhenrausches noch zu potenzieren, ein recht dünnes Seil um seinen Hals geschlungen. Das Ende war neben seiner Kleidung befestigt und daran hing er nun. Als Valerie das sich ihr darbietende Bild erfasst und festgestellt hatte, dass ein eingefügter Vorsorgeknoten zur Erdrosselungsvereitelung seiner Aufgabe gerecht geworden war, überlegte sie, ob und wie sie den ohnmächtigen Förster bergen konnte. Seine leichtsinnigen Praktiken, bewusst der Gefahr ins Auge zu blicken, wären ihm um ein Haar zum Verhängnis geworden. Er hing in einer geraumen Höhe über dem Waldboden. Keine Menschenseele war im Umkreis zu sehen oder zu hören.

Valerie schrie den Förster an, er solle doch aufwachen. Das brauchte eine Weile, bis der arme Mann wieder zur Besinnung kam und in Todesangst lebhaft mitschrie. Valerie rief: „Strecken Sie Ihre Hand zu mir rüber, los!" Der Förster versuchte es, doch die beiden Hände kamen nicht zusammen. Er konnte sich aber auch nicht aus der Schlinge befreien, die hart an seinem Kinn hing. Valerie blickte hinunter. Der Waldboden war ungewöhnlich weich. Der Förster musste nach unten. „Wackeln Sie mit dem Kinn, los! Bewegen Sie Ihren Unterkiefer! Besser ein Beinbruch als doch noch erhängt!", befahl sie. Stompen riss die Augen auf. Schreckliche Angst lähmte ihn. „Los! Bewegen Sie sich. Strampeln! Sonst hole ich Hilfe, dann sind Sie der Blamierte." Stompen begann erst zaghaft, dann heftiger mit den Beinen zu wedeln und schnitt Grimassen. Es half. Plötzlich riss das ohnehin dünne Seil und er fiel auf den Waldboden. Er wehklagte und jammerte. Doch Valerie kannte kein Erbarmen: „Reißen Sie sich zusammen!" Sie knüpfte mit großer Anstrengung den Rest des Seiles von der Astgabel ab und warf des Försters Kleider hinunter.

Dann stieg sie völlig entkräftet vom Baum. Sie schaute nach dem Verunglückten. Er schien aufstehen zu wollen. Das rechte Bein spielte nicht mit. Wohl eine Fraktur. Valerie suchte die Kleidungsstücke zusammen und gab sie ihm. Dann verbrachte sie die beiden Seilenden unter altes Laub, warf die Anstellleiter um und zerrte sie weit weg hinter einen Hügel. Der Förster hatte eine Delle in den Waldboden geschlagen. Die konnte sie nicht beseitigen. Aber was lag denn dort hinten noch? Aha, der Förster hatte seine Unternehmung durch das

Betrachten einer Pornozeitschrift unterstützt. Valerie ließ die Illustrierte in ihrer Tasche verschwinden. Sie zog dem Förster unter seinem jämmerlichen Wehklagen die Hose und Schuhe wieder an, zerrte und schleppte ihn dann den Weg in Richtung Dorf, bis ihre Kräfte sie verließen.
Dann erst legte sie ihn nieder und holte Hilfe.

Einige Tage waren vergangen. Man hatte den Förster ins Krankenhaus gebracht. Die Diagnose laut Röntgenaufnahme lautete: komplizierter Oberschenkelhalsbruch rechts, drei Frakturen des Schienbeins links, beide Handgelenke gebrochen, zwei Rippen angebrochen, eine herbe Hinterkopfverletzung, leichte Gehirnerschütterung und den Steiß geprellt. Valerie hatte Stompen, laut eigener Aussage, jammernd am großen Findling gefunden. Es war ihr jedoch schleierhaft, wie auch der Ärzteschaft des Kreiskrankenhauses glaubhaft klarzumachen war, dass der Förster vom Findling gefallen wäre. Außerdem müsse er selbst sprechen. Er wurde gefragt. Der Förster schwor, von nichts eine Ahnung zu haben. Er sei, ohne Hund, vom Dorf nach der Försterei unterwegs gewesen und habe ein grollendes Geräusch vernommen, von da an wisse er nichts mehr. Der Orthopäde nahm ihm das nicht ab, bekam aber auch nichts mehr aus dem Mann heraus.
Stompen musste viereinhalb Wochen in der Klinik ausharren, während denen er von seiner Frau ein einziges Mal Besuch bekam. Dafür besuchte ihn Valerie mehrfach. Er tat ihr einfach nur leid. Sie kannte ihn bisher nur in den täglichen schmutzigen Sachen, schlurfend, brummend und in einen dicken Bart gehüllt. Jetzt lag er hilflos und ohne Bart, mit ordentlich gekämmtem Haar im sauberen Krankenhausbett und bot Valerie in einem

130

reinen Hochdeutsch ein scheues aber freundliches „Guten Morgen". Der versehrte Förster hatte nur eine einzige Sorge: dass Valerie das ganze peinliche Erlebnis für sich behielt. Valerie nickte ihm beruhigend zu und gab ihm die Hand darauf. Als sie den Förster das dritte Mal besuchte, durfte sie ihn schon mit dem Krankenfahrstuhl draußen im Park spazieren fahren. Stompen war still und der verlässlichen Sekretärin sehr dankbar.

Mit der Herrin des Forsthauses war nicht gut Kirschen essen, seit Valerie den Förster verunfallt vorgefunden und ihn mehrere Male, unbeirrt ihrer drohenden Blicke, im Krankenhaus aufgesucht hatte. Doch Valerie machte sich nichts daraus. Sie erledigte zufriedenstellend ihre Arbeit und widmete sich nach Feierabend ihrem Hobby. Sie hatte einige Gitarrenstunden genommen, sich ein eigenes Instrument gekauft und übte fleißig daheim in ihrem kleinen Häuschen.

Es kam der Tag, dass der Förster nach seinem Reha-Aufenthalt wieder nach Hause gebracht wurde. Er bewegte sich noch an Krücken, war frisch rasiert und kaum wiederzuerkennen. Er steckte in Hemd und Hose, die Valerie an ihm noch nie gesehen hatte – und machte eine gute Figur darin. Erstmals fragte sie sich, wie alt er wohl sein mochte. Stompen war kein hässlicher Mann. Den Bart, der den größten Teil des Gesichts verdeckt hatte, empfand sie nachträglich als Maske der Entstellung. Der Mann sah gut aus, wie er so genesen daherhumpelte. Und, anstatt darüber froh zu sein, gab sich seine Frau noch miesepetriger als zuvor. Sie wollte sofort wieder beginnen, ihn zu drangsalieren und fauchte Valerie an, sie solle ihrer Arbeit nachgehen. Der Förster aber hob warnend den Zeigefinger und bot ihr mit klarer Stimme Einhalt: „Ab sofort nur noch in leisem, freundlichem Ton, mir und ihr gegenüber", damit wies er auf Valerie, „sonst fliegst du, meine Taube." Damit begab er sich zu seinem Lehnstuhl und ließ sich mit einer freundlichen Bitte von ihr einen Tee bringen.

Roderich Stompen erholte sich schnell. Dank therapeutischer Maßnahmen gelang es ihm bald, sich ohne seine Gehhilfen vorwärtszubewegen und erste Spaziergänge mit seinem Hund zu unternehmen.

Es begab sich, dass er dabei einmal auf Valerie traf, die sich auf dem Heimweg befand. Sie hatten im Forsthaus nicht viel miteinander zu tun, es herrschte dort eine ruhige aber angespannte Atmosphäre. Jetzt sprach er sie freundlich an, ob sie Lust habe, ihn und den Hund einmal auf einem Waldspaziergang zu begleiten. Er wolle einen längeren Weg wagen und das Fernglas mitnehmen, um die Auerhähne zu beobachten. Valerie war überrascht, blieb erst eine Weile stumm und überlegte. Warum nicht? Sein Anerbieten geschah freundlich, und es lag kein offensichtlicher Argwohn dahinter. Sie stimmte zu. Es sollte am nächsten Mittwoch sein, wo Valerie gewöhnlich zwei Stunden früher gehen konnte. Valerie war neugierig auf den Mittwoch. Die Woche bot keine besonderen Vorkommnisse. Die Förstersfrau fuchtelte ihr nicht mehr in ihrer Arbeit herum. Man aß schweigend zusammen Frühstück, es gab den Arbeitsplan, was notwendig war, wurde besprochen. Frau Stompen, die mit ihrem Mann kinderlos geblieben war und auch nicht gerade viel Federlesen mit Poldi, dem Dackel, machte, hatte eigentlich vor, ihren Mann auch nach seinem Krankenhausaufenthalt weiterhin so böswillig und diktatorisch zu behandeln, wie all die Jahre. Aber es gelang ihr nicht mehr. Der merkwürdige und bisher noch unaufgeklärte Unfall hatte irgendetwas in ihm verändert. Seit er das Krankenhaus verlassen hatte, wehte ein anderer Wind. Er hatte ihr unmissverständlich klargemacht, wer jetzt wieder Herr im Hause war. Die Förstersfrau konnte den Verdacht einfach nicht abschütteln, dass Valerie etwas damit zu tun hatte.

Valerie ließ sich seither auch nicht mehr von ihr herumkommandieren und schien, woher auch immer, ein größeres Selbstbewusstsein erlangt zu haben, was jener Angst einflößte.

Als Frau Stompen mit ihrem Mann vor Jahren das Forsthaus übernahm, zog sie sofort die Hosen an und lehrte ihren Mann Mores. Sie hatte die höhere Schulbildung, das größere Mundwerk und – brachte das Geld mit in die Ehe. Doch Roderich setzte sich damals noch einmal auf die Schulbank und holte das Abitur nach. Er hatte in seinem Beruf als Förster und Waldheger einen guten Namen erworben, war beliebt im Ort und in vielen Vereinen als zahlendes Mitglied tätig. Das schaffte Anerkennung und Vertrauen. Und womit glänzte sie? Sie tat sich hervor als ständig keifende, Befehle erteilende Ehefrau eines allseits beliebten, in seiner Zunft geachteten, aber durch ihr von Natur aus nörgelndes Wesen, sich selbst vernachlässigenden Mannes. Es machte ihm nichts aus, seiner Tätigkeit in einem heruntergekommenen Zustand nachzugehen. Er hatte über die Jahre die Freude an sich selbst verloren, ja sich förmlich aufgegeben. Doch irgendwann musste die Bombe platzen. Da kam diese Sekretärin, hinter der eigentlich eine Verkehrspolizistin steckte und krempelte ihren erfolgreich gezähmten Mann um, dass ihr ab sofort Hören und Sehen verging. Sie, Mathilde, hatte eine leidenschaftliche Wut im Bauch und eine, sie fast verbrennende Lust, dieses junge Weibsstück aus ihrem Einzugsgebiet zu vertreiben. Sie musste ihren Mann wieder ganz klein kriegen, sonst war sie verloren. Und ihr Ego litt bereits seit Wochen…

Und nun - lud er sie, Valerie, auf eine Wildpirsch ein. Sollte diese leutselige Geste ein erneuter Versuch sein, sie zur Verschwiegenheit zu ermahnen? Oder imponierte ihm ihre unkomplizierte Art, in der sie mit der Problematik umging, sich nicht anders verhielt als sonst und keinen Anlass zur Besorgnis gab?

Valerie wusste es nicht. Sie war auf alle Eventualitäten vorbereitet und begab sich mit einer gehörigen Portion Neugier zum Treffpunkt. Es war sehr früh am Morgen. Der Förster wartete bereits auf sie am Waldrand, genau unter dem Wegweiser, der nach vier Kilometern das Römertal versprach. Valerie legte ein sanftes Lächeln auf und wurde von Stompen freundlich begrüßt.

Auch der Hund, der sie aus dem Büro kannte, wedelte erfreut, als sie ihn streichelte. „Ich sehe, Sie haben Wanderschuhe angezogen", stellte er fest, „das ist vernünftig und weist Sie als interessierte Begleiterin aus." Valerie fragte, wie denn der Ablauf der Unternehmung sein solle, welche Route er beschlossen hätte. „Wollen Sie Poldi einmal halten? Ich zeig's Ihnen auf der Karte." Valerie ergriff die Leine und wartete gespannt auf seine Ausführungen. Stompen breitete eine mitgebrachte Faltkarte auf dem Moosboden aus und wies auf die farbig nachgezogene Schlangenlinie. Sie war einige Male unterbrochen. „Nach vier Kilometern Wegstrecke, die etwas anstrengend verläuft, treffen wir auf das Balzgebiet der Auerhähne. Es gibt dort einen Ansitz, ich hab' ihn vor elf Jahren gebaut. Schwindelfrei sind Sie ja. Kommen Sie. Poldi wird ungeduldig." Sie gingen wortlos nebeneinander des Weges. Doch schon nach etwa hundert Metern, die sich unendlich hinzogen, brach der Förster das Schweigen: „Was hat Sie denn bewogen, hierher in unseren kleinen, stillen Ort zu kommen? Hier ist doch der Hund begraben." „Insofern haben Sie recht, doch ich bin hier um zu arbeiten und Geld für eine … ein bestimmtes Projekt zu verdienen", sagte sie. „Sie machen mich neugierig." Stompen sah sie groß an, „wollen Sie darüber reden? Ich meine, auch wenn ich außergewöhnliche Sexpraktiken verfolge, verfüge ich über einen gesunden Menschenverstand und trage ein Herz anstatt eines Steines in der Brust." Valerie blickte zurückhaltend nach unten, dann dem Förster ins Gesicht und glaubte, ein paar ehrliche Augen auf sich gerichtet zu sehen. „Ich werde mich Ihnen anvertrauen. Ich glaube nicht, dass ich mich in Ihnen täusche."

Die beiden hatten inzwischen den Hochzeitsplatz der scheuen Auerhähne erreicht. Nichts war zu hören oder zu sehen.

„Die Geschichte ist länger, ich verkürze sie", traute sich Valerie zu sagen. Er nickte. „Vor drei Jahren habe ich eine Patenschaft über ein sehr krankes afrikanisches Kind übernommen. Ich konnte die Kleine schon zweimal besuchen. Sie trägt einen Krebs in sich, der unweigerlich zum Tode führt. Und es dauert nicht mehr lange. Senaya ist fünf und wird ihr sechstes Lebensjahr nicht erreichen. Sie hat davon gehört, dass die Tiere Afrikas in deutschen Zirkuszelten Kunststücke aufführen. Sie wünscht sich nichts sehnlicher, als einmal in einem solchen Zirkus zu sitzen. Ich möchte ihr das ermöglichen." Valerie wischte sich eine Träne von der Wange. Roderich Stompen war sichtlich gerührt. „Du imponierst mir in hohem Maße", sagte er leise und reichte Valerie die Hand. „Ich bin Roderich." Sie gab ihm zögernd die ihre: „Valerie."
Sie hatten beide nicht bemerkt, dass etwa 200 Meter von ihnen entfernt das Duell zweier Auerhähne in vollem Gange und wenige Sekunden darauf schon beendet war. Schreiend flatterte

einer der Hähne getroffen davon. Der andere kreischte lauthals seine Siegerhymne und rief nach der Henne.

„Komm, lass uns gehen. Ich überlege, wie ich dir helfen kann", sagte Stompen. Valerie meinte, er bräuchte ihr nicht zu helfen. Nur verstehen, das würde sie sich von ihm wünschen, verstehen sollte er ihre Lage. „Lass uns morgen in der Mittagspause noch mal reden. Meine Frau ist morgen auf dem Friedhof im Nachbarort. Ihre Freundin wird beigesetzt." Der Förster verabschiedete sich von Valerie am Waldrand und lief, ohne sich umzublicken, in Richtung Forsthaus. Valerie ging langsam ihren Weg zum Haus und überlegte. Wenn sie Senaya diesen Wunsch erfüllen wollte, war sie gezwungen, Stompens Hilfe anzunehmen. Roderich, was war das für ein merkwürdiger Vorname? Aber immer mehr empfand sie seine Gegenwart als angenehm, immer weniger glaubte sie, diesen anfangs so mürrischen Menschen verkannt zu haben.

Am anderen Morgen nach dem Frühstück schnappte Mathilde Stompen ihre Schultertasche, zog den schwarzen Mantel über und sprach auf ihren Mann ein. Er nickte, und sie verließ ganz in Schwarz gehüllt das Haus. Roderich begab sich ganz kurz in die hinteren Räumlichkeiten. Als er zurückkam, trug er ein Couvert in den Händen und reichte es Valerie. „Es sind 10.000, nimm es an. Meine Frau hat keinen Einfluss auf meine Geldanlagen. Wir haben keine Kinder, und ich gebe es gerne." Valerie konnte es nicht glauben. Zögernd griff sie nach dem Couvert und überlegte, welche Sicherheiten sie Roderich anbieten könnte. „Das ist nicht nötig", las er ihre Gedanken, „ich bin froh, dass ich etwas Gutes tun kann. Über ein Bild würde ich mich freuen." Valerie lächelte. Wie kam sie plötzlich zu so viel Geld? Sie tat zwei Schritte auf den Wohltäter zu und drückte ihm einen Kuss auf die Wange.

„Wann willst du fahren?“ „Ich wollte deine Frau für Anfang September um Urlaub bitten.“ „Du bekommst ihn. Wie soll das ablaufen?“, fragte er. „Das weiß ich noch nicht. Ich muss es erst telefonisch abklären.“ Er gab sich zufrieden, und so gingen sie auseinander.

Valerie bekam ihn in den nächsten zwei Tagen überhaupt nicht zu Gesicht. Hingegen kam zum Feierabend seine Frau auf sie zu und fragte sie giftig: „Was haben Sie mit meinem Mann gemacht? Er ist völlig verändert. Er fragte mich gestern, ob ich Ihnen einen Urlaub im September genehmige. Ich konnte es ihm nicht abschlagen. Wann genau wollen Sie ihn antreten?“ „Das hängt von verschiedenen Faktoren ab. Ich muss noch einiges regeln.“ „Unterrichten Sie mich bis zum Wochenende. Ich werde am Montag für zwei Tage verreisen und hätte vorher gern alles abgeklärt“, sagte sie ruhiger. „Danke, Frau Stompen“, rutschte es Valerie heraus, obwohl sie es eigentlich gar nicht sagen wollte. Die Försterin musste sich einer Krankenhausbehandlung unterziehen. Er hatte es ihr beim Spaziergang gesagt.

Valerie legte sich nach dem Feierabend noch ein wenig auf ihren Liegestuhl, den sie in dem winzigen Gärtchen hinter dem Haus stehen hatte und überlegte, womit sie beginnen sollte. Sie hatte sich eine Tasse Tee mit hinausgenommen und fühlte sich rundum wohl, die späte Nachmittagssonne tat ihr gut, und sie wäre beinahe eingeschlafen. Es war ihr so behaglich, dass die Gedanken plötzlich an ihr herunterglitten, und die Hände folgten den Gedanken. Eine wollte schneller sein als die andere, bis sie sich unterhalb ihres Nabels trafen, um gemeinsam den Spalt zwischen ihren Beinen zu erreichen. Valerie erschrak, sie befand sich im Garten, und der Garten wurde nicht durch hohe Hecken vor dem öffentlichen Auge abgeschirmt. Sie hatte ganz flink wieder den Finger von der Vagina gelöst und die Hände aus dem Slip gezogen. Schnellen Schrittes begab sie sich ins Haus hinein. Doch ihre Gedanken kreisten noch immer um die enttäuschte Klitoris. Da kam ihr ein Idee. Eine absurde Idee. Wie würde es sein, wenn sie oben in der einzigen Astgabel des Waldes sitzen und die gleiche Praktik anwenden würde, wie der Förster? Valerie überlegte nicht lange. Sie verschwendete keinen Gedanken der Vorsicht, ihr könnte das gleiche passieren wie Stompen. Den Strick könnte sie entbehren, doch eine Pornozeitung brauchte sie zum Gelingen. Die vom Förster hatte sie entsorgt, schade. Außerdem Kletterschuhe und viel Mut in der Kehle. Die Tankstelle befand sich nicht weit von Ihrem Haus, vielleicht konnte sie dort solche Lektüre bekommen. Valerie warf sich mit Bedacht den weiten Sommerrock über, zog das olivgrüne T-Shirt über die nackte Brust und griff an ihr Herz. Sie meinte zu fühlen, dass es bis zum Halse schlüge und hin und wieder stolpere. Ihr war, als würde ihre Spalte vor Feuchtigkeit tropfen. Schnell schnürte sie die Kletterschuhe zu und verschloss das Haus. In der Tankstelle stand eine Frau hinter dem Tresen. Gott sei Dank. Sie hatte Glück, dass kein Kunde zu sehen war, welcher argwöhnische Blicke herüberschicken konnte. Ein schneller Seitenblick auf die Zeitschriften mit den nackten Frauen sagte ihr, dass sie hier nicht fündig werden würde. Sie atmete tief durch und sprach die Kassiererin an. „Harten Porno?“ Die Frau vergewisserte sich, dass die Luft rein war, langte unter den Tisch und reichte ihr eine Plastiktüte. Der Preis war horrend. Aber Valerie hatte sich schon viel zu tief in dieses Abenteuer hineingesteigert und ihre Vagina gebot ihr, es einzugehen. Sie konnte nicht mehr zurück und zahlte. Sie blickte auf die Uhr, es war gerade fünf und noch lange hell. Jetzt oder nie, dachte sie und nahm ohne zu zögern den Weg in Richtung des Waldes unter die Füße. Ein Spaziergänger dürfte ihr jetzt nicht mehr begegnen.

Wie kam sie nur darauf, Stompens heikle Szene nachstellen zu wollen? Es reizte sie ungemein. Das Ungewöhnliche, dieser Kick der Gefahr, die Eventualität, man könnte beobachtet werden. Das war alles kitzelndes Neuland für sie, das machte sie an. Bis dahin standen ihr wohl dutzende Möglichkeiten zur Verfügung, sich zu befriedigen. Im Laufe der Zeit hatte sie immer nach neuen gesucht und sie auch gefunden, wobei ihr der eigene Einfallsreichtum treu zu Diensten stand. Aber im Freien, auf einem hohen Baum, mit pornografischem Material vor den Augen, darauf war sie wahrlich noch nicht gekommen. Nach wenigen Minuten hatte sie den Waldrand erreicht. Ihr Herz schlug anders als sonst. Sie war erregt, sehr erregt und während des Laufens kroch ihr mit dem Gedanken an den bevorstehenden Sex die Gänsehaut den Rücken hinauf. Sie fühlte ein prickelndes Zucken in ihrer Geschlechtsöffnung und registrierte das langsame Anschwellen der äußeren Schamlippen. Valerie hatte längst den Sinn für die Umwelt verloren, die instinktive Vorsicht beiseitegeschoben und der Fantasie ihrer Gedanken freien Lauf gelassen. Mit einem leichten Zittern in den Knien ging sie auf den Baum der Wollust zu.

Sie drehte sich mehrmals um und suchte auch die seitliche Umgebung mit Argusaugen ab.

Wie ein Wiesel erklomm sie die schnell herbeigeholte und sicher angestellte Leiter und suchte Halt in der Astgabel. Es schien ihr nicht gerade bequem, aber die Geilheit hatte sie dermaßen gepackt, dass sie keine großen Möglichkeiten mehr sah, ihre Lage zu verbessern. Hastig und unvorsichtig entledigte sie sich ihrer

Hose und schob sie sich unter das Hinterteil. Dann positionierte sie die Zeitschrift vor sich auf dem kleinen Brettchen, das der Förster clever angebracht hatte. Als sie den feuchten Slip herunterzog, richtete sie es so ein, dass einer der Daumen ihre hoch aufgerichtete Klitoris streifte. Ein unwillkürliches Zischen entfloh ihrem leicht geöffneten Munde. Um ein Haar wäre Valerie vom Ast gerutscht, so sehr hatte sie bereits dieses kleine, kurze Gefühl der Erregung in Gewahrsam genommen. Auf einmal hörte sie ein Knistern. Sie hielt erschreckt inne und warf ihren Blick acht Meter hinunter auf den Waldboden. Dicht unter ihr, hinter dem Stamm der Hochtanne, gewahrte sie Roderich Stompen.

„Wie lange stehst du schon dort?", schrie Valerie hinunter. „Wieso bist du überhaupt schon wieder zurück?" Der Förster antwortete wahrheitsgetreu: „Ich erfreue mich an dir seit zehn Minuten. Und ich konnte eher zurückkehren, weil ich das bereits erledigt habe, was ich vorhatte. Und ich bin froh, dass ich dich noch einmal treffe, da du ja am Freitag zu deinem Patenkind fliegst."

Valerie war beschämt, suchte nach ihrer Hose und wollte zur Leiter, um nach unten zu steigen. „Bleib doch bitte oben, ich komme zu dir", sagte Stompen besonders sanftmütig. Valerie stutzte. Was wollte er? Stompen erklomm die Leiter und, oben angekommen, öffnete er seine Hose und streifte sie ab. Auch die Boxershorts waren schnell ausgezogen. Hoffentlich bricht der Baum nicht auseinander, dachte er etwas, aber nur etwas besorgt. Sein Glied sprang schon voll erigiert aus der Unterhose, als er sie ausziehen wollte. Valeries Atem beschleunigte sich enorm. Ihre Klitoris war noch immer hart und wartete auf weitere Berührungen. Valerie schob langsam die angewinkelten Beine auseinander. Roderich setzte sich ihr vorsichtig ganz nah gegenüber und hielt sich mit seiner linken Hand an einem starken Ast über sich fest. Er fand am Stamm Halt für seine Beine, damit er sich etwas ausheheln und mit seinem hoch aufgerichteten Geschlechtsteil in Valeries Vagina eindringen konnte. Valerie stieß einen Schrei aus, als er sie berührte. Sie war so feucht, dass sein Glied ohne Probleme in sie eindringen und erst sanfte, dann stärkere Stöße abgeben konnte. Jeder von ihnen hielt sich etwas verkrampft rücklings fest. Valerie hatte Mühe, die Stöße abzufangen und nicht herunterzufallen. Stompen stöhnte laut und stand kurz vor seinem Höhepunkt. „Halte an!", rief Valerie. Sie atmete sehr hastig. „Jetzt!", rief sie mit zitternder Stimme und nahm die stärksten Stöße des Mannes auf, der ihr gegenübersaß. Der Förster schrie aus voller Kehle, als beide gemeinsam kamen, und Valeries Vagina zuckte so intensiv, dass sie kläglich jammernd beinahe vom Baum fiel. Ihr Partner löste sich vorsichtig von ihr und stieg schnell die Leiter hinunter, sonst wäre er vor Entkräftung zusammengesunken und mit Valerie herabgeglitten. Valerie hingegen war völlig verwirrt. Sie wusste in ihrer Astgabel gar nicht, was geschehen war, so sehr wurde sie von ihrem eigenen Höhepunkt übermannt. Sie zitterte gewaltig und drohte, vom Baum zu fallen. So flink er es vermochte, nahm Roderich die Sprossen der Leiter und zog seine Geliebte im letzten Moment an sich, damit sie sicher absteigen konnte.

Sie gingen gemeinsam und schweigend bis zu dem Weg, den Valerie zu ihrem Haus einschlug. Roderich drückte seine Wange an die ihre und sagte sanft: „Schreib mir eine Mail, wie du angekommen bist." Valerie nickte und lief flink den Weg hinunter.

Valerie konnte es gar nicht erwarten, ihren Förster wiederzusehen.

Sie hatte ihrem kleinen, todkranken Mädchen, mit der Hilfe von Stompen, die größte Freude in seinem nur noch kurzen Leben bereitet und das Kind wohlbehalten in ihr Heimatland zurückgebracht.

Sie trafen sich gleich am ersten Abend ihrer Ankunft und liefen wie zwei Wiesel in den Wald hinein. Sobald die beiden ihre Sehnsüchte gestillt hatten, lud Valerie den Förster zum ersten Mal in ihr kleines Häuschen ein.

„Erzähle", bat Roderich. „Ich bin sehr aufgeregt. Du hast mich drei Wochen allein gelassen. Bitte erzähle."

Valerie gab ihm voller Freude ein Bild von Senaya und berichtete von den Zirkuserlebnissen des kleinen Mädchens. „Sie war sehr, sehr glücklich. Das ist das Wichtigste." Stompen lächelte und nahm sie fest in seinen Arm.

Sie trieben es in gleicher Art zweimal pro Woche. Das Spiel entwickelte sich zu einer solchen Routine, dass sie die Vorsicht immer mehr außer Acht ließen. Sie kopulierten immer intensiver und heftiger. Eines Tages geschah das längst Überfällige. Die Astgabel des einzigen Baumes im Möllenser Wald, der über eine solche verfügte, brach unter ohrenbetäubendem Knacken und Knarren entzwei, und der Leiter des Forstamtes, Roderich Stompen, der soeben nach einem exzessiven Akt mit seiner Sekretärin den Orgasmus erreichte, stürzte mit seiner über alles geliebten Valerie in den sicheren aber seligen Tod.

Höschen im Schlamm

Sie befand sich auf einem ihrer seltenen Einkaufsbummel. Das Wort „Shopping" hasste sie. Sie bummelte gern im „Quadranten 4".

Als „Quadrant 4" bezeichnete man ein Secondhand-Paradies am Rande Kernburgs. Der „Quadrant 4" zog sie an wie ein Magnet. Die Vielfalt an exklusiver Kleidung, die man dort angeboten bekam, war umwerfend. Dass Sibylle hier schon so manches außergewöhnliche Stück finden und für sich erstehen konnte, verdankte sie ihrer intuitiven Suche nach Raritäten. Ob das Objekt der Begierde dabei den Namen „Gucci" oder „Versage" trug oder ein „No-Name"-Teil aus dem ehemaligen Jugoslawien war, spielte für sie eine untergeordnete Rolle. Es musste ihr gefallen, sie musste damit umwerfend aussehen und es musste waschbar sein. In ihrer wiederverwendbaren Einkaufstüte aus Restpapieren lagen bereits ein tiefblauer Angorapulli mit eingefilzten weißen Wollbommeln und ein paar grasgrüne Plateaustiefelchen, aus denen ein lilafarbenes Innenleder lugte.

Sie wollte eben eine Kleinigkeit essen und sich danach mit ihrer Freundin Britta treffen, da kam ein jugendlich wirkender Mittvierziger in Jeans und strahlendweißem Hemd auf sie zu und sprach sie an. Er hatte eine klare, sympathische Stimme und entschuldigte sich zuerst. Er sei vom Modemagazin „Blauer Ibis" und suche Damen, die sich bereit erklären würden, an einer Studie teilzunehmen.

Das Magazin hätte für ein biologisches Institut den Auftrag übernommen, fünfundfünfzig Frauen im Rahmen dieser Studie einem Test zu unterziehen. Die Testergebnisse würden dann im „Blauen Ibis" veröffentlicht.

Sibylle kannte dieses Magazin noch nicht, aber sie fand die ganze Sache zumindest so interessant und den Typ Mann so sympathisch, dass sie nicht lange überlegte. Sie willigte ein und bestätigte ihre Teilnahme arglos auf einer Erklärung, die ihr der Mann unter die Nase hielt. Der sagte ihr, dass sie sich am soundsovielten, soundsoviel Uhr am Gasthaus „Hagener Brücke" einfinden solle, alles andere erführe sie aus einem Brief, den sie in den nächsten Tagen per Post zugestellt bekäme. Jede andere Frau wäre argwöhnisch, ob dieser überfallähnlichen Überrumpelung. Nicht so Sibylle. Sie war neugierig.

Als Britta eintraf, zog Sibylle sie in das nächstgelegene Café und berichtete ihr von diesem mysteriösen Zusammentreffen. Die Freundin blickte sie ziemlich erschrocken an. „Mensch, bist du leichtsinnig! Hast du denn keine Angst? Ich würde da nicht hingehen." „Es sind fünfundfünfzig Frauen, die daran teilnehmen, was soll mir da passieren?", war die Antwort. „Sibylle, du gehst arbeiten, wie willst du das so kurzfristig regeln?" „Ich nehme einen Tag Urlaub. Ich will wissen, was das ist!", so Sybilles letztes Wort. Die Freundin beschwor sie, das Handy nicht zu vergessen und regelmäßig alle drei Stunden anzurufen. „Okay. Mach ich. Sorge dich nicht. Wir sind viele, was soll da passieren?"

Am nächsten Tag steckte ein Brief im Kasten, mit genauem Termin und Uhrzeit. Sie sollte sich auf eine Übernachtung einstellen. Ein Bus würde sie und die anderen Damen am vereinbarten Treffpunkt aufnehmen und nach dem zweiundfünfzig Kilometer entfernten Quellungen bringen. Persönliche Sachen, alles andere bekämen die Teilnehmerinnen gestellt und die Übernachtung bezahlt. Am Abend des anderen

Tages sei sie zurück. Träger des Ganzen sei die Modezeitschrift „Blauer Ibis" Nordhallenberg im Dillinger Wald.

Das klang alles seriös und vertrauenerweckend. Sie freute sich direkt darauf, endlich mal wieder etwas zu erleben und sei es nur eine Studie. Vielleicht würde sie ja nette Menschen kennenlernen.

Sibylle war geschieden, lebte seit drei Jahren allein. Sie rief ihren erwachsenen Sohn an und unterrichtete ihn davon, dass sie für zwei Tage verreisen würde. Wohin verschwieg sie.

Am Dienstag sollten sie sich treffen, Mittwochabend zurück sein.

Sibylle hatte sich bereits am Wochenende ihr kleines rotes Köfferchen zurechtgepackt, besuchte noch einmal ihre Friseurin und machte sich Gedanken, was sie in Nordhallenberg erwarten würde.

Am Gasthaus „Hagener Brücke" warteten bereits drei Frauen unterschiedlichen Alters, alle mit leichtem Gepäck, als sie am Dienstagmorgen dort eintraf. Zuerst sprach keine ein Wort, doch nach und nach stellten die Frauen einander Fragen. Doch keine von ihnen wusste eine Antwort. Kurz vor halb neun bremste ein Kleinbus vor ihnen. Der Fahrer hieß sie einsteigen. Drin begrüßte er jede einzelne mit Namen und einem Glas Sekt.

Es war der jugendlich wirkende Typ in Jeans. Wie sollte es anders sein, die Damen freuten sich. Die Fahrstrecke von zweiundfünfzig Kilometern war sehr schnell überwunden, der Sekt am Morgen tat sein Übriges.

In Riventhau, einem größeren Ort auf halber Strecke, wurde gehalten und weitere drei Damen aufgenommen, das gleiche Zeremoniell. Wieder floss Sekt. Für alle. Die Stimmung stieg. In Nordhallenberg angekommen, schlug der Kleinbus die Richtung hinauf zum alten Klosterberg ein. Oben auf der Burg befand sich ein altes Nonnenkloster, das schon seit vielen Jahren geschlossen vor sich hin träumte. Efeu und andere Kletterpflanzen hatten sich der Klostermauern raumgreifend bemächtigt und den Bau in ein geheimnisvolles, verwunschenes Gemäuer verwandelt. Die Frauen im Bus sahen einander stumm an und blickten verständnislos auf die Szene, die sich vor ihnen auftat. Was sollten sie hier auf diesem verlassenen Gelände? Rings um das Kloster wucherndes Gras, Gesträuch und niedere Pflanzen, ein Teil der Mauer bereits etwas eingefallen, das große eiserne Tor vom Rost zerfressen. Jemand hatte links vor dem Tor ein riesiges Areal vom Gras befreit, gemäht also. Das Tor blieb verschlossen, rechts davon war eine große Tür geöffnet worden. Die Ladys stiegen mit ihrem Gepäck aus dem Bus und standen unschlüssig, bis eine männliche Gestalt sie freundlich aufforderte, doch einzutreten. Der Innenhof war klein aber in der letzten Zeit gepflegt worden. Einige Blumenkübel mit herrlichen Tellerhortensien hatte jemand gekonnt verteilt. Es standen mehrere weiße Bänke dazwischen, und es gab sogar einen Wasserspeier an der Wand, eine sogenannte Groteske, der offenbar seit undenklichen Zeiten noch immer das wohltuende, köstliche Nass spendete. Die Damen wurden in das Hauptgebäude geleitet, das von recht gut erhaltenen Wandelgängen umgeben war. Sie wurden in einer Art Foyer von einer dunkelgrün gekleideten Dame empfangen. Inmitten des Raumes befand sich ein großer, runder Tisch. Es war bereits Kaffee in geblümte Tassen gegossen und auf kleinen Tellerchen Naschwerk daneben gestellt worden. Die grüne Dame war hinausgegangen. Als die sieben, von Neugier und auch etwas Unbehagen geplagten, Neuankömmlinge sich um den Tisch platziert hatten, war die grüne Dame wieder da und hieß sie willkommen. Sie stellte sich als Irina Markowitsch vor, wobei ein gewisser, fremder Akzent herauszuhören war und bot ihnen mit angenehmer und freundlicher Stimme an, sich am Kaffee zu stärken.

„Sie sind heute hier, meine Damen, weil Sie heute Abend einem erlesenen Publikum ein hochkarätiges Match präsentieren wollen." Die Frauen fingen leise an zu protestieren. Die grüne Dame redete unbeirrt weiter: „Es bedarf bis dahin noch einiger Übung. Ich werde Ihre Mentorin sein, Sie professionell anleiten und später, bei dem Match auch dabei sein, um eine gerade Teilnehmerzahl zu erreichen. Ich werde Ihnen die Abläufe genauestens erläutern. Es ist alles klar und verständlich und für jede von Ihnen schnell erlernbar. Es besteht kein Grund dazu, zurückhaltend und unentschlossen oder gar ängstlich zu sein. Jede wird ihre Rolle bravourös spielen."

Die Erste meldete sich: „Wir sollen hier an einer Studie teilnehmen und kein Match austragen!" „Da muss eine Verwechslung vorliegen", entgegnete die grün Gekleidete. „Hier findet heute Abend ein Empfang hochrangiger Gäste statt, zu deren Unterhaltung Sie mit einem niveauvollen Wettstreit beitragen werden." „Von all dem wissen wir nichts", sprach Sibylle im Namen aller Sieben. Frau Markowitsch antwortete etwas hilflos aber bestimmt: „Meine Damen, ich verstehe es nicht. Aber ich bin auf Sie angewiesen. Ihnen bleibt keine Wahl. Also, bitte folgen Sie mir in die hinteren Räumlichkeiten, wir haben keine Zeit zu verlieren." Zögernd standen die Frauen und Mädchen auf. Zwei nahmen ihr Gepäck und begaben sich schnellen Schrittes zur Tür, durch die sie hereingekommen waren. Sie war verschlossen. „Geben Sie sich keine Mühe, es steht weder ein Bus bereit, noch habe ich die Absicht, Sie gehen zu lassen. Ich brauche Sie, meine Damen, also bitte."

So begaben sie sich alle Sieben, ihrer Mentorin folgend, durch eine große Flügeltür in eine riesige schlichte Halle mit einer hohen Decke, die von massiven Säulen getragen wurde. Ringsum waren plüschgrüne Sessel aufgereiht, eiserne Wandlampen in Form großer, schnörkelloser Kelche spendeten ein verhaltenes aber warmes Licht, zwischen den Sesseln standen runde Marmortischchen mit Gebäck und Wein. Inmitten der Halle war ein riesiges, flaches Becken aus Marmorblöcken aufgebaut, das mit Schlamm, ja, wirklich Schlamm gefüllt und mit Sisalmatten eingerahmt war. „Nein“, schrie eine der Frauen, die wohl etwas mehr Auffassungsgabe mitbrachte als die anderen, „das mache ich nicht mit!“, drehte sich um und lief, sanft aufgefangen, in die Arme eines männlichen Aufpassers. Die Dame Markowitsch drückte jeder der Damen ein Paket in den Arm und begann: „Wir werden heute Punkt 20 Uhr hier im Bikini hereinmarschieren und paarweise eine Schlammschlacht austragen. Es stehen also vier Paare im Becken und kämpfen miteinander. Das Ziel wird sein, seiner Gegnerin den Bikini vom Leib zu reißen, sie zu Boden zu werfen und zum Sex zu zwingen.“

Es begann ein Tumult, die Frauen riefen und gestikulierten wild durcheinander, wurden jedoch von Frau Markowitschs resoluter Stimme zur Räson gerufen: „Sie werden tun, was ich verlange. Und Sie werden dafür sehr gut entlohnt. Vorher! Noch bevor Ihre Arbeit beginnt, erhalten Sie ein Geldcouvert, das Sie im Safe Ihres Zimmers aufbewahren können. Sie werden nicht enttäuscht sein.“ Die Frauen wurden ruhiger, drei gaben zu bedenken, dass sie keine Lesben seien. Die Bekenntnisse wurden ignoriert. „Jede von Ihnen wird so enthusiastisch kämpfen, als ginge es um ihr Leben. Und jede von Ihnen wird es so ekstatisch und überzeugend mit ihrer Partnerin treiben, dass es dem Publikum glaubhaft erscheint. Es gibt noch einen besonderen Bonus – das überzeugendste Pärchen erhält eine zweiwöchige Reise nach Dubai, voll ausgestattet, ohne dass Sie einen Pfennig dazu bezahlen müssen. Sie sehen, der ‚Blaue Ibis' lässt sich ihren Fleiß und Ihre Bereitschaft etwas kosten. Gegen Mitternacht begeben Sie sich auf Ihre Zimmer, und morgen früh, neun Uhr, werden sie unseren Gästen das Frühstück servieren. In einer eigens dafür vorgesehenen Kleidung.

Selbstverständlich haben Sie zuvor die Zeit, selbst ein Frühstück einzunehmen. Sie finden alles, was Sie zu Ihren Aktionen brauchen, in Ihrem Paket und auf den Zimmern ein Glas Sekt zum Einstimmen. Schauen Sie während des Kampfes immer mal auf mich, wenn Sie können, so erkennen Sie schnell, wie Sie sich bewegen müssen." Irina Markowitsch teilte die Paare ein und gab ihnen ihre Zimmerschlüssel. Sie selbst erwählte ausgerechnet Sibylle, belegte daher mit ihr ein Appartement. „Sie essen eine Kleinigkeit, und wir treffen uns 13 Uhr im blauen Bikini hier unten zum Training! Und hier ist für jede von Ihnen das Honorar, das Ihnen bis morgen Mittag zusteht. Legen Sie es in Ihren Zimmertresor. Den Tresorschlüssel finden Sie an Ihrem Zimmerschlüsselbund."

Die Paare begaben sich still in Ihre Unterkünfte. Sibylle tat das gleiche. Sie erwartete, mit Irina Markowitsch in einem Raum schlafen zu müssen. Doch ihre Verwunderung war groß, als sie nur ein Bett vorfand. Sie legte das Couvert in den Tresor und öffnete das Paket. Es enthielt zwei Bikinis, einen blauen und einen rostrot glänzenden, der bei Bewegung orangefarben schillerte und so knapp saß, dass er kaum ihre Scham bedeckte. Außerdem packte sie rostrote High Heels aus und in der gleichen Farbe ein superkurzes, erotisches Kleid mit weißem Schürzchen.

Sibylle hatte eine Heidenangst, eine Stinkwut, haderte mit sich ungemein, dass sie sich überhaupt auf ein Gespräch mit dem Jeanstyp eingelassen hatte. Jetzt musste sie da durch. Am schlimmsten erschien ihr der Sex, den zwei Frauen miteinander treiben sollten. Der Hunger, den sie vorhin verspürt hatte, war ihr vergangen. Sie zog den blauen Bikini an, sah kurz in den Spiegel und verließ das Zimmer, um zum Training zu gehen.

Am Schlammbecken standen acht Stühle. Einige ihrer Mitstreiterinnen hatten ihre Plätze bereits eingenommen. Im Raum war es ganz still. Keine sprach. Was sollten sie auch aussprechen. Dann kam Irina. Sie trug ebenso wie alle anderen einen blauen Bikini. „Haben Sie alle gegessen?" Sibylle und zwei weitere Kandidatinnen verneinten die Frage. Irina sagte laut und bestimmt: „Sie werden unverzüglich hinüber in die Restauration gehen und etwas zu sich nehmen. Das Training ist hart. Sie sind dann die letzten. Ich komme in zehn Minuten wieder." Die drei Frauen folgten der Aufforderung und waren zehn Minuten später wieder am Schlammbecken.

Irina brachte ein Tablett und reichte jeder der Frauen ein kleines Glas mit einer Flüssigkeit. „Trinken!", befahl sie. „Was ist das?", fragte Sibylle. „Alkohol. Trinken Sie das!" Alle Sieben leerten die Gläser ohne Widerrede. Irina hätte mit Sibylle kämpfen müssen, doch zum Training suchte sie sich eine andere aus. „Wir stehen uns gegenüber und wissen, dass wir unsere Gegnerin besiegen müssen. Es wird solange gekämpft, bis ein Signal ertönt. Das Wichtigste ist, dass die Rivalin in den Schlamm geworfen wird. Je aggressiver Sie gegeneinander kämpfen, umso besser. Sie dürfen alles machen, kratzen, beißen, treten, schreien, an den Haaren ziehen. Denken Sie immer daran, wenn Sie es nicht tun, tut es Ihre Gegnerin. Jetzt kämpfen immer nur Zwei, und die anderen schauen zu und feuern an. Heute Abend stehen wir alle zeitgleich im Pool. Das ist bitterer Ernst." „Und was ist mit den Sexspielen?", fragte eine. Nach einem langen Moment antwortete Irina: „Es wird kein Spiel sein. Sofort, nachdem durch ein Signal der Kampf abgebrochen wird, werden wir in der gleichen Ekstase übereinander herfallen und uns die Bikinis vom Leib reißen. Diese Aktion ist schon der Beginn der sexuellen Verschmelzung. Das Publikum will knisternde Erotik sehen und spüren. Wir werden ihnen das bieten. Uns aneinander reiben, ineinander eindringen mit Fingern und Zungen, stöhnen, winseln, schreien. Jedes Paar trachtet danach, das Beste zu sein. Denken Sie an Ihr Honorar im Safe. Sie müssen es verdienen. Sie müssen alles geben. Der erotische Teil wird nicht im Training geübt. Er muss heute Abend unbedingt live sein. Das Publikum erwartet das von uns!"

Dann zog Irina die ausgewählte Partnerin in das Schlammbad und begann sofort auf sie einzutreten. Ingrid, ihr Gegenüber, stand einen Moment wie geschockt. Doch als sie sich gefangen hatte, schlug sie Irina ins Gesicht. Die ging wie eine Furie auf Ingrid los und warf sie rücklings in den Schlamm. Sie verkeilten sich ineinander und wälzten sich. Die Leiber und Gesichter sahen inzwischen schwarzbraun aus, und man erkannte kaum mehr, welche Irina und welche Ingrid war. Plötzlich schrie Irina, weil Ingrid sie in die Wade gebissen hatte. Sie tauchte die Verursacherin kurzerhand mit dem Gesicht in den Schlamm. Ingrid spuckte und trat gegen Irinas Brust. Die Frauen am Beckenrand waren von ihren Stühlen gesprungen, schrien und tobten und feuerten an. Die beiden im Schlammbad rissen sich an den Haaren, schlugen sich die Beine weg und kratzten einander. Auf einmal ertönte das Signal. Das Paar sprang auseinander, wischte sich mit dafür vorgesehenen Handtüchern die Gesichter ab und gab den Pool frei für das nächste Team.

Die Zeremonie begann von neuem, bis alle Paare ihren Kampf ausgefochten hatten. Irina schrie des Öfteren zornig dazwischen, wenn ihr der Kampf zu sanft erschien. Irgendwoher hatte sie eine lange Gerte gezaubert, mit der sie auf die Kämpfenden einschlug und bissige Schreie erntete. Sofort wurde der Kampf wieder roher. Als das letzte Match ausgefochten war, gab es Lobe von Irina. Zwei Kellner brachten auf Rollwagen Getränke und kleine Snacks. Alle griffen zu, während der angetrocknete Schlamm von ihren Körpern blätterte.

„Mädels, Ihr wart gut, genauso will ich das heute Abend sehen. Und noch einen Zacken schärfer. Und – bereitet euch innerlich auf den Höhepunkt, den erotischen Part vor. Ihr werdet auch darin brillant sein. Wir treffen uns 19:30 Uhr in der Vorbereitungskabine. Zieht Eure tollen Bikinis und High Heels an, seid pünktlich und froh gelaunt. Es gibt Sekt zum Einstimmen. Legt Euch noch zwei Stunden aufs Ohr. Und übrigens – ab sofort sind wir per Du."

Die „Mädels" taten, wie ihnen geheißen, und eine Reinigungstruppe beseitigte die Spuren der Schlammschlacht. Sibylle war ziemlich fertig, da sie als letzte den Kampf ausgetragen hatte. Sie wankte in ihr Zimmer, duschte sich den eingetrockneten Schlamm vom Körper, stellte den Einbauwecker an ihrem Kopfende und fiel ins Bett.

Der Wecker schrillte. Sibylle saß sofort aufrecht, mit klopfendem Herzen. Ihr war speiübel. Sie blickte sich im Zimmer um und entdeckte ein kleines Kühlfach. Fünf Piccoloflaschen waren der Inhalt. Nichts weiter. Sie öffnete eine, nahm ein Glas von der Kommode und goss ein. Das kühle Nass weckte die

Lebensgeister. Sie duschte fast kalt, brachte Bodylotion auf die Haut und zog den kupferfarbenen Bikini an. Sie setzte sich etwas gelöster vor den Spiegel und schminkte sich. Es war 19:20 Uhr, Zeit zu gehen. Noch einen Schluck Sekt, dann schwang sie sich den kupferfarbenen Bademantel über, der plötzlich an ihrer Garderobe hing und verschloss die Tür. Sibylle ging in ihren High Heels festen Schrittes hinüber zur Säulenhalle und begab sich in die Vorbereitungskabine.

Ariane, Bettina und Christa-Maria warteten schon, in Rosé, Weinrot und Smaragdgrün. Sie blickten ängstlich. Sibylle sah sie furchtlos an und sagte: „Was zieht Ihr für Gesichter? Ihr hattet doch alle schon einen Kampf!" „Ja, aber die Sexszenen." „Denkt an den Sex mit euren Männern oder Geliebten und bewegt euch ein bisschen schneller", antwortete Sibylle. Die Mädels redeten durcheinander. „Wenn ich daran denke, brauche ich gar nicht anzutreten. Da hab' ich bereits verloren, ehe ich begonnen hab'!", gab Ariane zu bedenken. „Dann stellt euch vor, eure Partnerin sei ein überaus erotischer Kerl, soviel Fantasie werdet Ihr doch aufbringen können. Los, macht ein anderes Gesicht, bevor die Markowitsch kommt!", rief Sibylle. „Denkt daran, ICH habe sie als Gegnerin. Ich glaube, das ist noch einen Tick härter." Inzwischen waren auch noch die anderen Damen eingetroffen. Simone, Sara und Ruth, mittelblau, feuerrot und zitronengelb leuchtend und überaus aufregend. Mittlerweile standen alle sieben aufrecht und unterhielten sich zwanglos.

Dann kam Irina im petrolfarbenen Bademantel, begrüßte alle und goss Sekt in die Gläser: „Jede ein Glas, dann geht's raus." Sie stießen an und sprachen sich Mut zu. Alle waren genauestens informiert, wie und in welcher Reihenfolge sie laufen, wie sie sich bewegen sollten, wann sie in den Pool gingen.

Irina öffnete die Tür zum Saal. Eine heroische Musik schlug ihnen entgegen. Der Saal war voller Menschen, sitzend, stehend gehend. Ausschließlich Männer! Als die Tür mit einem Gong geöffnet wurde, formierte sich die Menge und wurde ganz still. Der moderierende Kampfrichter sprach von einem Podium herab: „Verehrte Herrschaften. Der Einzug der Kämpferinnen. Bitte begrüßen Sie mit mir …“ und er benannte alle Mädels nacheinander, so, wie sie den Saal mit geöffnetem Bademantel betraten. Stürmischer Applaus brauste auf. Sie umrundeten den Pool und begaben sich auf die Gegenseite vom Publikum. Dort war eine Kulisse mit Garderobenstange aufgestellt worden, wo die acht Damen ihre Bademäntel ablegten und sich in einer Reihe zum Anschauen aufstellten. Ein lobgeschwängertes Raunen ging durch den Saal. Diese geile Masse, viele fettleibig, andere mit vor Geifer geöffneten Mäulern; die vielen Brillen glitzerten wie Insektenaugen.

Die Frauen erhoben stolz ihren Kopf, schleuderten die High Heels von sich und stürmten, als der zweite Gong einsetzte, schreiend in die Schlammwanne. Es spritzte nach allen Seiten, und der Kampf begann. Alle acht Frauen rangen miteinander, wälzten sich im nassen Erdreich, schlugen und kratzten sich, zerrten aneinander, legten wallende Brüste frei, versuchten, knappe Höschen herunterzuziehen. Es waren blanke Pobacken zu sehen, irrsinnige Schreie zu hören, zu Boden klatschende Leiber regten das Publikum zu ständigen Anfeuerungsrufen an. Die Männer standen alle gestikulierend da und riefen durcheinander. Sie schienen am liebsten auch in den Pool laufen zu wollen. Die Paare hingen aneinander und rutschten durch den spritzenden Schlamm.

Nach zehn Minuten höchster Anspannung erschallte ein dritter Gong. Die Kämpferinnen änderten die Taktik. Sie suchten plötzlich nach Mündern und küssten sich leidenschaftlich, griffen nach Brüsten, ließen Hände zwischen Schenkel gleiten. Jede riss an Jeder, versuchte ihr die Bikiniteile vom Körper zu zerren, falls sie überhaupt noch bekleidet war. Einige lagen übereinander und versuchten leidenschaftlich Geschlechtsverkehr nachzuahmen. Alle stöhnten, winselten, schickten Schreie hinüber zu der Männermasse, die ihren Atem anhielt und mit steifen Hosen stand oder saß. So still war es um sie, dass man eine Stecknadel hätte fallen hören können.

Die Mädels gaben ihr bestes, drangen mit Fingern in die Vagina ihrer Gegnerin ein, massierten die Klitoris und saugten an großen und kleinen Brüsten. Schweres Atmen aus Richtung der Männerdomäne war nicht zu überhören. Sibylle kannte kein Erbarmen. Sie warf Irina auf den Rücken und fuhr mit ihrer Zungenspitze durch Irinas Spalte, bis diese fast in ihrer Flüssigkeit ertrank und zu schreien begann. Sibylle legte sich blitzschnell auf Irina und rieb sich voller Ekstase an der unter ihr liegenden Vagina, so lange, bis beide lauthals ihren Orgasmus erlebten. Da erschallte der befreiende Gong. Es war mucksmäuschenstill im Saale. Die Mädchen zogen in Windeseile ihre Bikinis an. Plötzlich brauste ein ohrenbetäubender Beifall los. Die vollkommen entkräfteten Frauen bildeten eine Reihe, bewegten sich mit letzter Grazie in Richtung der applaudierenden, vollkommen entkräfteten Masse und stellten sich vor ihnen auf. Ungezählte Geldscheine wurden gezückt und in die Bünde der Bikinihöschen gesteckt und von den hinteren Reihen nach vorn geworfen. Dann brachte ein junger Mann in Glitzerkleidung ein Tablett mit Sektgläsern für die schlammbedeckten Damen. Das ausschließlich männliche Publikum prostete ihnen anerkennend zu. Nicht wenige versuchten zudringlich engeren Kontakt zu den Akteurinnen aufzunehmen, doch das war ihnen als Tabuthema eröffnet worden, und die Mädels entfernten sich zur Garderobenkulisse, zogen ihre Bademäntel an, winkten noch einmal und verschwanden.

Irina Markowitsch, selbst schmutzbedeckt, ließ sie in der Vorbereitungskabine noch einmal warten. „Mädels, Ihr habt euch tapfer und ganz hochkarätig verkauft. Danke. Wenn Ihr mögt, gehen wir gemeinsam noch mal hinüber zur Restauration, essen etwas und trinken noch einen Schluck Sekt. Dann bekommt jede ihren verdienten Schlaf." Sie wuschen Hände und Gesichter und folgten ihrer Mentorin. In der Restauration zählte jede ihre Geldscheine. Sibylle und Ruth hatten die meisten. Sie würden die Reise nach Dubai antreten. Die Freude war groß. Alle waren zufrieden und gingen schlafen.

Am nächsten Morgen fanden sie sich acht Uhr mit ihren Servierkleidchen im Restaurant ein, nahmen ein kleines Frühstück zu sich und erhielten ihre Anweisungen: Frühstück – nach Wunsch des Gastes – servieren, leichte Berührungen dulden, mehr nicht – keine Verabredungen. Dann gemeinsames Mittagessen, Sachen packen. Safe nicht vergessen zu leeren. Rückreise.

Relativ gelöst trippelten die Mädchen in den großen Bankettsaal, wo die Herren langsam einmarschierten. Einige lächelten zufrieden, andere strahlten absolute Ruhe aus. Nahezu alle wirkten gelöst, als sie sich an den Tischen niederließen. Sofort begannen Sibylle und ihre Begleiterinnen, sich nach dem Frühstückswunsch der Herren zu erkundigen. Die Lust, die offenbar in der vergangenen Nacht befriedigt worden war, erwachte sofort wieder in ihnen.

Denn ungezählte Hände fuhren unter die kurzen Röckchen. Dort zog einer der Kavaliere ein Serviermädchen auf seinen Schoß und wollte ihr ins Dekolleté greifen. Christa-Maria konnte sich freundlich lösen, doch einige Kellnerinnen mussten sich Klapse auf das Hinterteil gefallen lassen. Insgesamt schlugen sich die tapferen Mädels auch bei der Frühstückszeremonie wacker, und zufriedene Kunden verließen, finanziell erleichtert, das Nonnenkloster.

Irina entließ ihre sieben Kämpferinnen voll Dankbarkeit und verabschiedete sie mit den Worten: „Macht's gut, meine Mädels, bis in vier Wochen.“

Und in vier Wochen ins KDW

Lange vor dem Termin hatte sie sich Gedanken gemacht. Diesmal war sie an der Reihe, ein außergewöhnliches Objekt auszusuchen, das es wert war, der Aktionsort ihrer „Orgien", wie sie es nannten, zu sein. Ihre Aufgabe war es auch, Getränke einzukaufen und etwas zu Essen vorzubereiten. Die anderen Fünf hatten ihre Einsätze bereits hinter sich: Christof wählte das alte Gasometer, für das er von irgendwoher den Schlüssel organisiert hatte. Mit Toni feierten sie im Krankenhaus, in dem er als Zivi arbeitete. Das war kurios. Thea wollte sie in einen ehemaligen Luftschutzbunker führen. Doch sie kamen nicht hinein, so sehr sich die Jungs auch bemühten. So trieben sie es eben neben dem Bunker im hohen Gras. Mit Karl hatten sie seines Vaters Yacht unsicher gemacht und dafür gehörigen Schadenersatz gezahlt. Evas Mutter arbeitete als Melkerin auf einem Bauernhof, unweit von Sierisleben. Dorthin fuhren sie alle Sechs mit Tonis Flitzer, stiegen ungesehen in die Scheune ein und vergnügten sich im Stroh. Fast wäre durch ein Streichholz ein Schober in Brand geraten.

Jetzt also war sie dran. Sie war die Letzte, und sie wollte den anderen etwas Besonderes bieten.

Irene grübelte zwei Tage. Dann fiel es ihr ein. Sie dachte an das Kaufhaus in der nahegelegenen Kreisstadt. Tamarant befand sich eine Viertelautostunde von Sierisleben in nördlicher Richtung. Genauso könnten sie auch mit dem Zug dorthin gelangen. Das wäre sogar noch lustiger.

Sie dachte sich das so, dass sie genau an ihrem achtzehnten Geburtstag spätnachmittags nach Tamarant fahren würden, jeder mit einem Gepäckstück, in dem alles verstaut wäre, das sie vor-

und zubereitet hatte. Sie würden unabhängig voneinander das Einrichtungshaus betreten, erst kurz vor Ladenschluss und sich darin verstecken. Sie würden sich einschließen lassen, dann fröhlich ihren Geburtstag und in den aufgestellten Musterbetten ihre Orgie feiern. Drei junge Frauen und drei junge Männer. Ihre Clique. Der Gedanke daran ließ Irene ganz aufgeregt werden. Diesmal wollte sie Christof haben. Sie würde alles daran setzen. Sie wollte zuvor alles erkunden. Wie das Kaufhaus von innen aussah, wo man sich verstecken konnte, wie viel Mitarbeiter dort im Verkauf beschäftigt waren, ob sie mit einem Wachmann rechnen mussten, wo die Betten standen, und ob man da auch nicht durch die Schaufenster beobachtet werden konnte. Notfalls mussten die Schlafgelegenheiten umgestellt werden.

Irene setzte sich Dienstag nach der Arbeit in den Zug. Donnerstag hatte sie Geburtstag. Das Einrichtungshaus war mäßig gefüllt. Nur einige wenige Leute schlenderten zwischen den Möbeln umher, als sie das Geschäft betrat. Im Erdgeschoß sah sie Küchen- und Wohnzimmereinrichtungen.

Eine Verkaufskraft beschäftigte sich an einem kleinen Pult. Verstecke gab es genügend. Langsam stieg sie die Treppe zum Obergeschoß hinauf. Die linke Seite beherbergte alles, was man zur Einrichtung eines Bades benötigte. Die Mitte und die rechte Seite gehörten den Schlafmöbeln. Große Schränke mit Schiebetüren, hinter denen man sich verbergen und das Schließen des Kaufhauses abwarten konnte, Betten und Liegen, dass einem das Herz aufging. Und eine Kundentoilette. Gott sei Dank.

Irene war erleichtert. Erst nach einer ganzen Weile kam der Verkäufer mit einem Kunden aus der hinteren Badecke nach vorn, um ihn zur Kasse zu begleiten. Irene überlegte, ob sie sich in einen Schrank stellen und hier übernachten solle, wegen des

Wachmannes, der eventuell Streife liefe. Aber dann würde sie morgen zu spät zur Arbeit erscheinen, weil das Möbelhaus erst neun Uhr geöffnet wurde. Unten an der Eingangstür war ihr das Schild aufgefallen: Dieses Objekt wird durch eine Sicherheitsfirma videoüberwacht. Da grenzte es fast an Sicherheit, dass man zusätzlich keinen Nachtpförtner durchschickte.

Aber der Zusatz „Video" machte ihr Probleme. Sie lief noch einmal aufmerksam durch alle Bereiche der zwei Etagen, konnte aber keine Kamera entdecken. Sie mussten es einfach wagen. Denn wo sollte sie jetzt, so schnell ein neues Objekt finden? Irene war gespannt, was die anderen sagen würden. Sie fuhr etwas zwiegespalten wieder nach Hause.

Am nächsten Morgen rief sie die Freunde an und verriet ihnen, wo sie ihren Geburtstag und demnach ihre nächste Orgie feiern würden. Die Fünf waren baff. Das war ja irre, was Irene sich da ausgedacht hatte.

Am Nachmittag ging sie einkaufen, und abends bereitete sie in ihrer kleinen Bude alles vor. Der Getränkekasten beherbergte zwölf Flaschen Wodka Lemon, zwei Flaschen Wodka Gorbatschow und sechs Kirschbier. Zu essen sollte es Chili con Carne geben, das wollte sie heiß im Topf mitnehmen und im Kaufhaus notfalls noch einmal auf einem Vorführherd erwärmen. Wenn das möglich wäre. Außerdem bereitete sie Räucherlachs-Kanapees und einen Nudelsalat vor. Einweggeschirr und -bestecke, sowie karierte Servietten kamen noch dazu. So, das sollte reichen. Irene war zufrieden. Sie schleppte alles in den Hausflur hinunter, bis auf den Getränkekasten. Den mussten die Jungs von oben abholen.

Karl, Christof und Eva-Maria trafen pünktlich 18 Uhr ein. Thea und Toni kamen zehn Minuten später. Das Kaufhaus schloss

22 Uhr. Ziemlich still und in aller Eile verstauten die Jungs die Getränke in mitgebrachten Rucksäcken und verbrachten sie in Tonis Flitzer. Die Mädels trugen alles andere hinunter und los ging es. Den Weg bis zur Kreisstadt kannte jeder. Im Auto redeten alle durcheinander. „Und wenn was schief geht?", warf Thea ein. „Was soll denn schief gehen?", rief Karl und hatte dabei die Hand in Evas Bluse. Sie drängten sich auf der hinteren Sitzbank zu viert. Vorn, neben Toni, saß Christof, hinten Karl, Irene und Thea. Karl hatte Eva auf dem Schoß. Karl versuchte ständig, mit der Hand zwischen ihre Beine zu gelangen. Irene klopfte ihm kräftig auf die Finger. „Wir sind noch nicht am Ziel!" Eva sagte: „Was machen wir, wenn doch ein Wachmann kommt?" Toni rief: „Dann müssen wir es eben ausbaden!" „Es darf nichts passieren, keine Zigaretten, hört Ihr?", flüsterte Irene. „Was?", protestierte Karl, „dann könnt Ihr gleich anhalten, und ich steige aus!" Christof meldete sich: „Reg dich ab, Alter, es gibt ja wohl eine Toilette." „Eigentlich müssen wir auch alles wieder sauber machen und in Ordnung bringen", gab Thea zu bedenken, „sonst rufen die doch noch vor Geschäftsöffnung die Polizei, und wir kommen nicht mehr raus." Sie diskutierten noch immer, als Toni die letzte Kreuzung vor dem Kaufhaus überquerte. Es war Anfang Oktober, die Tage wurden bereits kürzer, die Straßenlaternen leuchteten schon. „Oh", rief Irene, „ich habe die Kerzen vergessen!" „Das Straßenlicht wird hereinscheinen", meinte Toni. Und so suchten sie sich etwas abseits einen kostenfreien Parkplatz für den Flitzer. Jeder trug einen Rucksack oder eine Tasche. Bei den Mädels begannen die Herzen zu klopfen. Die Männer waren da mutiger. Sie hatten ausgemacht, alle zwei Minuten betreten zwei von ihnen das Geschäft und trennen sich sofort, als würden sie sich nicht kennen. Jeder trug

eine Armbanduhr, und zwanzig Minuten, nachdem das gesamte Licht verloschen war, wollten sie ihre Verstecke verlassen und sich am Verkaufspult in der oberen Etage einfinden. Im Einrichtungshaus bewegten sich noch jede Menge Menschen. Es mussten insgesamt vier Verkäufer sein, drei Männer und eine Frau. Es hatte in der Nebenstraße noch einen Uhrenvergleich gegeben. Es war zwanzig Minuten nach sieben, also 19:20 Uhr. Dann gingen Christof und Irene als erstes Pärchen hinein. Irene versuchte ruhig zu bleiben und langsam zu schlendern. Sie steuerte gleich in die obere Etage. Die Tasche war schwer. Sie musste bald ein Versteck finden. Da fiel ihr eine relativ unmoderne, so empfand sie es jedenfalls, Liege mit Bettkasten auf. Irene blickte sich vorsichtig um, ein Ehepaar, offensichtlich schien es eins zu sein, bewegte sich weit weg von ihr. Sonst war niemand zu sehen. Sie klappte, halbtot vor Angst, die Liege auf, vergewisserte sich nochmals, dass die Luft rein war und stieg mit ihrer Last hinein. So, wie sie ausgestreckt, wie in einem Sarg dalag, meinte sie, müsste man draußen ihr klopfendes Herz hören.

Alle betraten nacheinander den Laden und erregten kein Aufsehen. Es fand tatsächlich jeder ein geeignetes Versteck und wurde durch niemand gestört, der sich gerade für dieses Möbelstück interessierte. Christof steckte in einem unauffälligen Kleiderschrank, Eva-Maria war in eine Holztruhe geklettert, Toni stand hinter einer spanischen Wand im Badbereich.

Thea hatte ihre schwere Tasche in einem Wäschepuff verstaut und lag selber in einer noch verpackten Badewanne. Karl hatte sich hinter einer ausladenden Übergardine versteckt. Alle warteten, dass die Beleuchtung abgeschaltet wurde. Doch diejenigen, die in festen Möbeln steckten, hatten nicht die stockdunkle Situation nach dem Schließen von Deckel oder Tür bedacht. Sie mussten sich auf gut Glück wieder herauswagen.

Die Kehlen wurden binnen kurzem trocken, da erschallte ein Gong und eine Stimme vom Band bat die Kunden höflich, das Kaufhaus zu verlassen. Das war gut, man würde noch eine gefühlte halbe Stunde abwarten.

Nach eben dieser Zeit trat Karl hinter seiner Übergardine hervor und traf auf Toni. Sie wollten gerade ihre Münder zum Gruß öffnen, da sprangen sie wie ein paar aufgeschreckte Hühner auseinander und suchten erneut nach einem Versteck. Aus dem hinteren Teil der Schlafzimmerabteilung näherte sich fast lautlos eine weibliche Person im Mantel, mit Tasche. Schlüssel klapperten. Es musste die Geschäftsführerin sein oder die letzte, autorisierte Sekretärin, die die Türen des Kaufhauses endlich abschließen würde. Die beiden Männer hielten den Atem an hinter ihren Möbeln und warteten, bis sie in der unteren Etage das Geräusch des Schlüssels im Schloss der Glastür vernahmen. Sie kamen hervor und riefen leise nach den anderen. Alle hielten sich im Obergeschoß verborgen, Thea kam aus ihrer Badewanne gekrochen, Christof öffnete scheu die Tür seines Kleiderschrankes. Sie hörten Eva-Marias Stimme leise und mit einem zarten Klopfen und fanden sie in der Truhe mit dem schweren Deckel. Doch wo war Irene? Sie fehlte, und keiner wusste, wo sie sich verbarg. Ein leises Rufen begann und jeder ging auf die Suche. Es war dunkel in dem Raum, nur spärlich leuchtete eine Straßenlaterne von draußen herein. Alle Betten und Schränke und Gardinen zu untersuchen, war langwierig, dazu kamen die Badewannen und die Abteilungen im Erdgeschoß. Die Freunde wurden unruhig. Plötzlich rief Toni aus Richtung Schlafmobiliar: „Sie muss hier sein, ich höre sie tief atmen." Die anderen flitzten heran und gingen dem Geräusch nach. Christof war sich sicher, dass es aus der unscheinbaren Liege mit Bettkasten kam. „Karl, komm und hilf mir!", rief er, „ich möchte wissen, wie sie allein die Liege aufgeklappt hat." Die Fünf standen schmunzelnd um die Schlafstatt herum, als der Deckel endlich geöffnet war.

Da lag Irene auf der Seite, einen Arm unter dem Kopf und schlief. Allgemeines Lachen erhob sich. Christof, der sie gefunden hatte, küsste Irene und hob sie heraus. Irene war erwacht und soo glücklich. „Jetzt lasst uns einen Platz suchen zum Essen und Trinken", lachte sie. Da nahmen die Freunde einfach auf dem warmen Fußboden Platz und leerten ihre Rucksäcke und Taschen. Irene hatte ein großes Bettlaken mitgebracht, darauf stellten sie das Mitgebrachte, um den Spannteppich nicht zu beschmutzen. „Happy Birthday, Ira", sie stießen an mit Wodka Lemon und stürzten sich auf das Essen. Irene spürte, dass Christof, der ihr gegenübersaß, sie ständig ansah. Wenn sie aufblickte, lächelte er.

Toni zog Thea an sich heran und griff nach ihrem Busen. Thea ließ eine Erdbeere in ihr tiefes Dekolleté gleiten. Toni schickte seinen Mund hinterher und zog die Frucht mit Zähnen und gierigen Augen heraus. Dann warf er Thea um und rieb sich, mehr zum Spaß, an ihr. Doch aus dem Spaß wurde schnell Ernst, und die Kleidungsstücke flogen unter dem Beifall der anderen durch die Gegend. Karl gab Eva aus der Wodkaflasche zu trinken und öffnete ihre Hose. Christof und Irene saßen sich noch immer gegenüber und aßen. Christof nahm Karl die Wodkaflasche ab, trank einen großen Schluck und reichte sie wortlos Irene. Sie sah ihn an, setzte die Flasche an den Mund und ließ den Wodka hineinlaufen. Christof bemächtigte sich der Flasche, stand auf und zog Irene mit sich. Auf ein großes Bett ließen sie sich fallen und fielen übereinander her. Christof keuchte, als er ihr die Kleider vom Leib riss, Irene krallte sich in den Kissen fest und flüsterte: „Mach langsam." Er konnte es nicht langsam. Er war so erregt, dass er sich in seinen Beinkleidern verheddterte. Sie half ihm. Er drehte sie sanft aber bestimmt auf den Bauch und begann, von dem kleinen Tal über ihrem Knackarsch nach oben zu lecken, bis er am Hals ihr feines Flaumhaar erreichte. Währenddessen spürte sie sein aufgerichtetes Glied auf ihrem Rücken und zwischen den Beinen eine beginnende Feuchtigkeit. Irene hob ihr Gesäß etwas an und bot Christof ihre Spalte. Er konnte nicht mehr warten und führte sein heißes Glied ein. Irene unterdrückte einen Schrei. Sie sah Thea und Karl neben dem Bett stehen, die sich befummelten und sie beobachteten. Christof bemerkte es nicht. Er bewegte sich stöhnend in ihr und kam mit einem lauten Gurgeln. Er rollte von ihr herab und blieb auf dem Rücken liegen.

Irene hielt etwas enttäuscht die Stellung. Thea drehte ihren Kopf zur Seite und begann sie zu küssen. Die überraschte Irene ließ es geschehen. Auf einmal fühlte sie erneut einen Penis in sich. Ihre noch feuchte Vagina schmatzte unter den noch sanften Stößen. „Komm, Kleine, komm, du schaffst es", hörte sie ein Flüstern. Es war Karl, sie erkannte die Stimme. Er leistete Schützenhilfe. Und langsam spürte sie das Gefühl aufsteigen, das den Orgasmus einleitete. Irene konnte sich nicht zurückhalten und begann, unter Theas Lippen zu stöhnen. Karl bot ihr jetzt härtere Stöße und atmete hastiger. Er drückte sie fest an sich, und beide erlebten gemeinsam ihre Erlösung. Karl ließ von Irene ab und sich neben sie fallen. Thea flüsterte: „Komm, Ira!"

Die beiden erhoben sich vorsichtig und ließen die schlafenden Männer zurück. Sie tasteten sich zur Mitte der Etage, wo die Treppe nach unten führte. Irene fragte Thea, ob sie wisse, wo die anderen beiden seien. Thea war einen Moment still und schluckte. „Du kennst doch Toni. Nachdem er mit mir fertig war, schnappte er sich Eva und verschwand mit ihr in Richtung Badewannen." Thea und Irene bewegten sich dorthin. Auf einmal vernahmen sie leises Stöhnen und heftiges Keuchen. „Er vögelt sie in der Wanne", sagte Thea, nicht ohne Zorn in der Stimme. Sie schlichen sich an und beobachteten Toni und Eva-Maria. Sie lagen sich einander, in einer freistehenden Badewanne, zugewandt und bewegten sich hastig. Eva winselte wie ein kleines Hündchen, Toni stieß synchron zu gierigen Atemzügen seinen Penis in sie hinein. Der Atem der beiden wurde schneller. Die zwei Frauen kauerten wie gebannt neben einem eingelassenen Toilettenbecken. Thea fasste Irenes Hand und führte sie an ihre feuchte Scham. Irene flüsterte ihr ins Ohr: „Ich auch." Dann kamen Eva und Toni zugleich und waren völlig fertig. Thea zog Irene vom Geschehen weg und mit sich fort. Direkt auf das große Wandbett zu. Sie ließen sich fallen und rieben sich gegenseitig die Klitoris. Bis, begleitet von ersterbendem Hecheln, ihre Befriedigung kam. Thea schlief sofort ein. Irene bedeckte sie, selbst noch außer Atem, mit einem in der Nähe gefundenen Badetuch und erhob sich. Ihr war nicht zum Schlafen zumute. Sie dachte an den nächsten Morgen. Keiner hatte gefragt, wie der ablaufen sollte. Es blieb wieder mal alles an ihr hängen.

Irene zog schnell Bluse und Hose über, ging zu ihrem Essplatz und raffte das Laken, das als Tischtuch gedient hatte, mit allem, was noch übrig war, zusammen. Sie schnappte sich die ersten beiden Rucksäcke, die sie fand und sammelte vorsichtig alle Flaschen ein, um sie darin zu verstauen. Eine war am Abend zu Bruch gegangen. Es mussten wohl noch ein paar Lachen zu finden sein, von verschütteten Getränken. Sie erinnerte sich, dass sie im unteren Geschoß eine kleine Insel mit Haushaltwaren gesehen hatte. Sie tastete hinunter, fand eine Besengarnitur und schlich damit hinauf. So gut sie konnte, beseitigte sie die Scherben und nahm mit einem Handtuch die kleinen Pfützen auf. Es begann draußen langsam hell zu werden. Irene schob Kehrblech und Handtuch unter das Bett und steckte das zusammengebundene Laken samt Inhalt in einen Schiebetürenschrank. Ihr Herz klopfte, und sie schrie laut auf, als sie aus dem Möbelstück ein Gesicht anblickte und eine Hand die ihre packte. Die andere Hand aus dem Schrank hielt Irene den Mund zu. Sie wurde unsanft hineingezogen und befand sich, als die Schiebetür ins Schloss fiel, plötzlich in einer absoluten Finsternis. Es war totenstill, als Irene sehr sanft auf den Boden gedrückt wurde und zwei hungrige Lippen ihren Mund verschlossen. Über ihr roch es nach Mann, und die Art zu atmen bestätigte den Verdacht. Die Hände zogen ihr gekonnt Bluse und Hose aus, liebkosten ihre Brüste, während der Mund sich küssend über Hals und Busen immer weiter nach unten bewegte. Irene schwieg wie ein Grab und ärgerte sich darüber, dass ihre Brustwarzen immer härter wurden und ihre Vagina begann, sich mit Blut zu füllen. Sie kannte die Hände nicht, die sie in diesem großen Schiebetürenschrank liebkosten. Sie hatte noch nie vorher diese Lippen gespürt, die ihren ganzen Körper in einer Art und Weise berührten, die sie erbeben ließ. Sie wusste nicht, wer der Mann über ihr war und ihr Zärtlichkeiten zufügte, dass ihr fast die Sinne schwanden. Seine sanften Hände umspielten ihre Klitoris, bis sie ein Stöhnen nicht mehr unterdrücken konnte und

168

Flüssigkeit aus ihrer Spalte tropfte. Da ließ er sein hocherigiertes Glied hineingleiten und führte sie mit leichten Stößen zu einem vorher nie erlebten Orgasmus. Irene schickte einen unterdrückten Schrei gen Himmel und schlief sofort ein.

Als sie wieder erwachte, wusste sie weder, wie sie in diesen Schrank gekommen, noch wie spät es war. Irene verließ völlig zerschlagen das Möbelstück und suchte taumelnd den Mond, der durch eines der Fenster hereinschien, um nach ihrer Uhr zu sehen. Es war halb sechs, und Irene hastete fluchtartig zum Bett zurück, um sich neben Thea auszustrecken, die im Schlaf leise grunzte. Nicht einschlafen, dachte sie, Wache halten und halb acht alle wecken.

Plötzlich schreckte sie ein ohrenbetäubender Lärm auf. Er drang aus dem Erdgeschoß nach oben. Die Reinigungskraft bediente den Staubsauger. Irene sprang auf, sie war vor Müdigkeit doch irgendwann umgefallen. Sie schüttelte heftig an Theas Schulter und deutete nach unten. „Weck die Jungs!", flüsterte Irene und begab sich lautlos aber hastig zu Toni und Eva. Sie lagen schlafend und ineinandersteckend noch immer in der Wanne. Sie ruckelte an Toni und deutete in Richtung Staubsaugerlärm. Sie sagte leise: „Anziehen, Rucksäcke schnappen, verstecken." Dann schlich sie nach vorne und sprang selbst in die Kleider. Lautlos sah sie die anderen herumschleichen. Irene und Thea strichen die Bettdecken glatt, und als die Putzfrau die Treppe heraufkam, um die obere Etage zu saugen, waren alle verschwunden und kaum Spuren zu finden. Die Angestellte setzte die Beleuchtung in Gang, streifte dabei Christofs Ärmel und wunderte sich über drei nasse Stellen auf dem Teppichboden. Christof war inzwischen in die Knie gesunken und hätte um ein Haar einen Kollaps erlitten. Nachdem sich im Erdgeschoß die Eingangstüren geöffnet hatten und die ersten Kunden das Geschäft betraten, schlichen die sechs Freunde unbemerkt hinaus auf die befreiende Straße und atmeten die kühle Morgenluft.

Das Abenteuer hatte einen glücklichen Ausgang genommen. Sie quetschten sich wortlos in Tonis Flitzer und ab ging es gen Heimat. Da brach erleichtertes Gelächter aus. Nur Irene schwieg und blickte ernst in die weite Ferne. Toni redete als erster: „Das war die geilste Party, Ira." Irene freute sich. Die anderen nickten und waren sich einig. Karl hatte eine Idee: „Wisst Ihr was? So eine Orgie in Berlin, im KDW, das wäre doch der Hammer!" Alle sahen sich an und fanden den Vorschlag absolut verrückt. Aber er reizte die ganze Clique. Sie trennten sich, wieder in Sierisleben angelangt, mit dem Versprechen: In vier Wochen feiern wir die Orgie im KDW in Berlin!

Und Irene begann nachts von ihrem Unbekannten zu träumen …

Menschen und Teufel

Sie schnaufte schwer. Sie keuchte. Die Luft war stickig, der Atem des Todes hing unter der 40 cm hohen Decke des Stollens, durch den sie vorwärtskroch. Die Schläfen pochten wie Presslufthämmer, die Adern drohten herauszuplatzen. Das Gesicht war angespannt wie ein Ballon, während sie auf dem Bauch, wie eine Echse, die Finsternis durchmaß und jeden Quadratzentimeter ihrer Bauchhaut spürte, die wie von grobem Sandpapier nach und nach zerschunden wurde. Die Knie waren zerlöchert von winzigen, scharfkantigen Sandkörnchen.

Nadja hatte keinen Anhaltspunkt, sie sah nichts, auch wenn sich ihre Augen an die Schwärze der Dunkelheit gewöhnten, fehlte ihnen das Maß des Vergleiches. Wie lange mochte es her sein, seit sie das Licht des Tages verlassen hatte, um sich von dem hautengen Tunnelgang aufsaugend transportieren zu lassen? Und vor allem – warum?! Der Tragegurt des silbernen Rollis grub sich wie ein eisernes Band in das Fleisch ihrer Schulter, sie zog ihn hinter sich her, wie ein Gefangener seine Kugelfessel.

Es war stockdunkel, doch auf einmal schien sich ein höherer Raum aufzutun. Sie spürte es. Es war nicht mehr so stickig. Plötzlich fühlte sie eine Schlinge um ihren Hals und vernahm ein sirrendes Geräusch über ihrem Kopf.

Sie wollte nach dem Seil am Hals fassen, da trieb irgendetwas ihre kriechenden Schenkel auseinander, der Rolli schob sich dazwischen, wie von unsichtbarer Hand dirigiert. Sie empfand die Kühle des geriffelten Materials erotisierend. Doch was sollte das! Sie keuchte, denn sie musste sich schneller vorwärtsbewegen, als die Schlinge an ihrem Kehlkopf sich zuzog. Nadja schrie auf, irgendetwas bohrte sich durch ihren Slip und dann brutal zwischen ihre Schamlippen. Es war kühl wie Stahl, strömte aber sogleich eine wohlige Wärme aus, bewegte sich schubartig vor und zurück und stieß nach einigen Schüben eine heiße Flüssigkeit in ihren Körper. Nadjas Schrei kam heiser. Sie robbte noch immer. Es mussten etwa fünf Sekunden gewesen sein, fünf Schübe eines kalten Penis, ein heißer Strahl. Ihre Kräfte ließen nach, die Schlinge am Hals zog sich zu und ließ ihre Augen hervorquellen. Unter dem Seil zeichneten sich bereits die Spuren einer Strangulierung ab. Sie versuchte zu schreien. Der Schrei erstarb. Sie versuchte ihr Vorwärtskommen zu beschleunigen, da riss sie der nächste Feuerstoß zurück. Nadja röchelte. Sie verlor kurzzeitig die Besinnung, spürte einen schmerzenden Schlag im Gesicht. Und plötzlich war der Horror, so schnell er gekommen war, wieder verschwunden. Etwas Neues begann. Etwas Fremdes setzte sie in Bewegung. Wie eine Spule rollte sie eine schiefe Ebene hinab. Ihr wurde schlecht, es schwindelte ihr, die beängstigende Talfahrt wurde immer schneller.

Nadja erbrach und spürte das Erbrochene alsbald am Rücken kleben, mit dem sie es durchrollt hatte.

Nach etwa fünf Sekunden ließ die Fahrtgeschwindigkeit allmählich nach und sie trudelte in einem Tal ganz langsam aus. Es war feucht zwischen ihren Schenkeln. Sie hatte nicht bemerkt, wie der Orgasmus sie durchzuckte. Dann verließ sie das Gedächtnis.

Nadja wachte zwischen seidenen Kissen auf, die Morgensonne schien durch das geöffnete Fenster auf ihre gespreizten Beine, kroch lautlos höher und erwärmte ihr Gesicht. Sie schloss ganz schnell wieder die Augen, wollte nicht mehr denken, nicht wieder in dieses Horrorszenario zurückfallen. Etwa fünfzig Sekunden klappte das so. Dann wurde Nadja abrupt aus dem Schlummer gerissen. Starre Finsternis umgab sie.

Krass, wie die Situationen wechselten. Oder hatte sie von den Seidenkissen im Sonnenschein geträumt? Sie bemerkte, dass ihre Hände rückwärts gefesselt waren. Auf ihre Lippen legte sich ein sanfter Mund und saugte zärtlich. Nichts weiter. Fast wie ein Kuss. Dann riss es ihr die Füße weg. Nadja stieß einen gellenden Schrei aus. Einen Schrei des Schmerzes. Sie wurde, ohne sich wehren zu können, vorwärts auf einen Stiel gespießt. Da musste ein Mann liegen, stehen, vielleicht hängen.

Nein, sie glaubte, er lag auf dem Rücken, und ein unsichtbarer Kran ließ sie über ihm herab, bis ihre Geschlechtsöffnung millimetergenau auf seinen erigierten Penis gepfropft wurde. Das Teil musste erschreckend lang sein, denn es schmerzte sie höllisch. Der Kran hob sie an und ließ sie wieder auf den Phallus nieder. Dabei berührte ihre Haut keinen Körper, alles war still, steril, bedrohlich und von erotischer Schärfe.

Anheben – senken. Hoch – runter. Sie – vögelte einen Schwanz. Sie wusste nicht, stand er allein im Raum, ein Schwanz im Nichts, gehörte er einem männlichen Wesen. Sie hörte das Schmatzen. Ihr Herz begann zu jagen.

Das erste Stöhnen. Der anfängliche, kaum zu ertragende Schmerz wich einer sexuellen Begierde, die sie erfasste, ohne dass sich Nadja wehren konnte. Sie spürte ihre Schamlippen anschwellen, ein leises Zucken schoss ihr bis ins Hirn. Sie hätte so gern mitgemacht, sich mit den Knien an dem Bett, das sie sich vorstellte, abgestoßen, sich an dem glucksenden Gurgeln gelabt, das ihren Puls in unendliche Höhen trieb. Sie spürte seine Hände, die nicht da waren, ihre Hinterbacken umfangen.

Der Schweiß lief ihr zwischen den Brüsten entlang und tropfte ins Nichts. Noch einmal hinauf – „Halt an!", versuchte sie zu schreien, doch der unsichtbare Kran ließ sie, während sie der Orgasmus durchzuckte, in den aufgestellten Prügel fallen. Ihr heiserer Schrei wich einer Ohnmacht. Als sie erwachte, hatte sie den Geruch von Blut in der Nase. Es war noch immer finster. Da lag doch eine warme Hand auf ihrem Bauch! Nadja wollte wieder schreien, doch es gelang ihr nicht. Ihr Mund bewegte sich stumm. Sie brachte keinen Laut hervor. Ein Körper lag neben ihr. Ein warmer Körper. Das beunruhigte sie. Nadja fasste zwischen ihre Schenkel, warmes Blut zwischen ihren Fingern. Es musste Blut sein. Alles warm. Wärme bedeutete Leben. Sie lebte also noch. Nadja legte die andere Hand auf die blutende Stelle. Dann umfing sie wieder eine Ohnmacht.

Es war eng um sie, als sie vorsichtig die Augen öffnete, fast wie damals, gestern, vor langer Zeit(?), in dem Tunnel. Sie versuchte, die Hände seitlich auszustrecken. Sie kam nicht weit. Es war der Tunnel. Sie wollte gerade verzweifeln, als sie einen winzigen Lichtpunkt in der Ferne zu sehen glaubte. Nadja richtete sich ein wenig auf, ein winziges Etwas und begann zu kriechen. Nichts tat weh, kein Schmerz, offensichtlich keine Wunde.

Sie robbte wie der Teufel, immer auf die Lichtquelle zu. Der Punkt wurde größer. Instinktiv griff sie an ihr Geschlecht. Der Finger blieb trocken.

Sie war total verwirrt und beschleunigte noch einmal unter Keuchen.

Erinnerung, komm zurück! Wie kam sie in diese schwarze Hölle, was hatte sie erlebt? Sie war am Fuße der Pyramide in eine versteckte Öffnung gekrochen, ähnlich der eines Ganges, wie ihn

Grabräuber anlegen. Sie musste kriechen, kroch und kroch und –
wusste nichts mehr! Jetzt robbte sie zurück. Ihr Herz raste.

Irgendetwas versetzte sie in große Angst. Der
Tunnelausgang war fast erreicht. Nadja hastete, hielt verzweifelt
inne, weil sie nicht glaubte, hier heil und unbeschadet
herauszukommen. Nichts hinderte sie. Nadja kroch taumelnd
hinaus in die Sonne.

Sie stand auf, noch etwas unsicher tastend. Frei, niemand hielt sie
auf. Niemand rief sie zurück, niemand – da lag ein schwarzer,
zerschundener Topf, mitten in ihrem Weg. Ein unscheinbarer
Zettel darin. Niemand war zu sehen. Keine Hilfe, wenn sie
welche brauchen würde.

Sie nahm den Zettel, rannte einige panische Schritte – und sah
mehrere Männer mit Mauleseln auf sich zukommen. Sie rannte,
so schnell sie ihre Füße trugen und flehte einen der Männer an,
sie von hier wegzubringen. Der dunkelhäutige Mann sah ihre
schweißnasse Stirn, machte kehrt und ließ sie aufsteigen. Dann
trieb er seinen Maulesel an und versetzte ihm einen heftigen
Klaps. Das Tier brachte sie ohne Umschweife zu ihrem Hotel.
Nadja kam das alles sehr unwirklich vor. Sie kniff sich in den
Hintern, es schmerzte …

Ihr fiel ein Stein vom Herzen, als sie jetzt in ihrem Zimmer auf
der Bettdecke lag. Der Zettel fiel ihr wieder ein. Sie hatte ihn
zwischen den Fingern zerknüllt und war losgelaufen. Jetzt öffnete
sie die verkrampfte Faust. Fein säuberlich glättete ihn Nadja mit
den Handflächen.

Morgen, Mittwoch wieder an der gleichen Stelle.

Gleiche Zeit, gleicher Aufzug.

Wie bedrohlich. Gleicher Aufzug, gleiche Stelle ... keine Unterschrift.

Wie war sie eigentlich mit dem Rolli an die Pyramide gekommen, offensichtlich allein. Wieso hatte sie den Koffer nicht im Hotel gelassen. Nadja versuchte nachzudenken. Es wollte ihr nicht gelingen. Angst kroch ihr den Nacken hinauf. Die Schläfen pulsierten. Wer hatte sie wieder an die Pyramide bestellt? Was würde geschehen, wenn sie der Aufforderung nicht nachkäme? Da war es wieder. Ein kleiner Schimmer Gedächtnis. Ja, sie war am Nachmittag bei glühender Hitze mit dem Bus zum Hotel gebracht worden. Vom Flughafen? Ja, vom Flughafen. Und wo war Grit? Grit! Wo – ist – Grit?! Wieso hat sie nicht früher an die Freundin gedacht? Nadja raste wie irre an die Rezeption. Niemand wusste etwas von Grit Becker. Niemand konnte Auskunft geben, obwohl sie im „Wüstenschiff" eingecheckt hatte. Im Flieger saßen sie noch nebeneinander. Nadjas Schläfen hämmerten. Der Kopf schmerzte ungemein. Was war denn bloß passiert. Grit hatte zwei Gläser Mineralwasser bestellt. Stattdessen brachte die Stewardess zwei Gläser Sekt. Irgendetwas bohrte in Nadjas Schläfen. Es war unerträglich. Sie schlug mit der flachen Hand gegen den Schmerz. Was geschah dann ... Hatten die beiden Freundinnen den Sekt getrunken? Nadjas Erinnerung blieb von diesem Moment an verschollen. Und Grit auch. Heiße Tränen liefen die Wangen hinunter. Nadja weinte verzweifelt. Weshalb war sie überhaupt hierhergekommen. Nach Gizeh. Sie wollte die Pyramiden sehen. Zu Hause, sie hatte sich noch ein wenig hingelegt, überfiel sie dieser Traum, kurz vor dem Abflug. Ein Grabräuber, der es nicht mehr schaffte, mit seiner Beute die Pyramide zu verlassen, der da drin von rieselndem Sand überschüttet wurde. Bis ihm der Sand den Atem nahm. Nadja schluckte. Der Traum verließ sie nicht. Sie fürchtete, er würde wiederkommen. Vielleicht hatte dieser Traum etwas mit den letzten Ereignissen zu tun. Plötzlich wirkte Nadja ganz ruhig. Sie schloss ohne Angst die Augen. Ich werde morgen in die Pyramide gehen, mir alles ansehen, herauskommen, und es wird nichts geschehen. Dann den Tunneleingang suchen. Mit diesem Gedanken schlief sie ein.

Am nächsten Tag spürte Nadja schon morgens acht Uhr, dass die Luft wieder flirren würde vor Hitze. Sie kleidete sich sehr luftig, streifte die dünne Leinenhose über, knüpfte sich ein langes Band in die Haare und verließ das Hotel. Ohne Frühstück und ohne Rolli. Merkwürdig. Auf dem Weg zur Pyramide begegnete sie keinem Menschen. Auch davor sah sie niemanden. Es wird noch zu früh sein. Der Eingang war – verschlossen.

Nadja spürte, dass in ihr irgendetwas vorging. Die Nackenhaare stellten sich auf. Nadjas Beine begannen zu zittern. In der Ferne bewegte sich etwas. Ein Reiter! Ein Reiter preschte auf einem Maulesel heran. Genau wie gestern. Aber der Reiter war nackt. Und er sah aus – wie Grit! Nadja lief der Schweiß den Nacken hinunter. „Grit!", schrie sie. Doch der Maulesel trug den nackten Reiter davon. Wie eine Fata Morgana. Nadja sank auf die Knie. Sie wollte in den Tunnel. Aber es gab keine Öffnung. Sie grub mit den bloßen Händen, mehr, immer mehr. Sie hechelte, der Sand flog. Nadja war verzweifelt. Plötzlich wurde sie in den Sand hineingezogen, da war der Tunnel! Nadja winselte. Ihre Kräfte versiegten. Irgendetwas zog sie durch völlige Dunkelheit, immer schneller. Es wurde angenehm warm, dann heiß, brennend heiß. Sie verlor die Besinnung, wie damals.

Als Nadja wieder aufwachte, züngelten Flammen um ihre Füße. Gellende Laute verließen ihre Kehle. Es sollten Laute des

Schmerzes sein, doch die Flammen umspielten ihre Füße angenehm warm. Sie lag in einem Bett aus weichen, warmen, leckenden Flammenzungen. Mit den Händen betastete sie ihren Körper, suchte nach ihren Kleidern. Vergebens. Völlig nackt schaufelte sie in einem Meer aus Feuer, das ihr keinen Schmerz zufügte, ihr kein Haar und keine Haut versengte. Nadja wünschte sich, einfach nur liegenbleiben zu können und an nichts zu denken. Dann traute sie sich, die Augen aufzuschlagen – und wollte sofort Reißaus nehmen.

Die Hölle! Es war die Hölle, wohin sie geraten war! Ringsumher tanzende, nackte Teufel, pechschwarze Teufel mit Hörnern, mit Pferdefüßen und eisernen Gabeln, Teufel mit wippenden Schwänzen, wie junge Fohlen. Da waren Teufel mit Brüsten und vaginalen Öffnungen und wieder andere, denen ein aufgestellter Penis zwischen den Beinen vibrierte. Alle bewegten sich, ausgelassen hüpfend, um einen überdimensionalen Kupferkessel, der in seiner Höhe die fröhlichen Wesen um ein Vielfaches überragte. Der Kessel dampfte, er war über einem lodernden Feuer aufgehängt, das durch glühende Holzscheite genährt wurde. Das Kupfer des Kessels glänzte wie eine goldbraune Sonne und spiegelte in der Dunkelheit die tanzenden Körper in einem gespenstischen Licht, riesige ekstatische Teufel. Trommeln schlugen zu magischen Gitarrenklängen, und immer wieder verschwand einer der Teufel über eine gegen den Kessel gelehnte eiserne Treppe in dessen Bauch. Dann spritzte blutrote, leuchtende, klare Flüssigkeit in die Höhe und quoll über den Rand des Kessels. Und jedes Mal begann ein leidenschaftliches Stöhnen, fast Schluchzen in seinem Inneren, viele Stimmen raunten im Chor, verstärkten das Stöhnen und wurden still. Nadja hatte längst in ihrem Flammennest in den Chor der Stöhnenden mit eingestimmt. Da wurde sie, wie aus dem Nichts, in die Höhe gerissen und schwebend hinüber zum Kessel getragen.

Das Dunkel des Raumes erhellten silberne Blitze, die lautlos, als tausende von kleinen Sternen, in das Innere des Kessels glitten. Nadja wollte schreien, doch ihre Lippen brachten keinen Laut hervor. Die unsichtbaren Hände, die sie hielten, öffneten sich. Nadja brüllte vor Angst wie ein Tier. Sie fiel hinunter in die brodelnde Flüssigkeit des Kessels. Sie war heiß und umfing Nadja wie ein wohliger Schauer. Als sie wieder auftauchte, sprudelte sie den warmen Wein wie ein Springbrunnen in das Gesicht des Teufels, der sanft in sie eingedrungen war. Er bewegte sich so zärtlich in ihr, und die ringsum auf den Bänken im lauen Wein sitzenden Teufel und Teufelinnen hielten sie so sicher, dass das Paar während des Aktes nicht ertrank. Wieder und wieder hob und senkte sich der Pferdehufige mit Nadja, saugte an ihren Lippen, küsste ihren Hals bis hinunter zu den Brüsten, streichelte mit der Zunge ihre Brustwarzen, bis sie laut flehend und sich aufbäumend ihren Orgasmus erreichte.…

Für zwei Stunden überfiel Nadja eine tiefe Ohnmacht. Dann stand Grit vor ihr und servierte das Frühstück auf einem Tablett. „Steh auf, du verschläfst den Tag! Die Sonnenstrahlen lecken deine Haut. Komm, in vier Stunden geht unser Flug zu den Pyramiden von Gizeh!“

Nadja schrie: „Nein, nicht nochmal!“

Aber Gritt streichelte sie versöhnend: „Ach, das war doch nur der Sekt.“

Sex im Auerhahn

Sie wollte einfach nur mal weg von allem, ganz allein, niemandem sagen wohin. Einfach mal an nichts anderes denken als an sich selbst. Sie brauchte Ruhe. Ruhe vor Rüdiger, einfach den Fragen aus dem Weg gehen, warum sie erst gegen Morgen ins Bett kommt und dann bis zehn Uhr schläft, am Wochenende. Warum sie nicht imstande ist, diese peinliche Ordnung zu halten, die er von ihr erwartet. Und auch einmal Ruhe vor Oskar, ihrem Chef, der, wenn man ihm den kleinen Finger gibt, immer gleich die ganze Hand an sich reißt.

Sie wollte allein, ohne Kommentare irgendwo hin, wo sie keiner vermutet. Tamara hatte im Internet geforscht und war auf Warnim gestoßen, ein in den Herbst- und Wintermonaten verschlafenes Nest, wo man ein halbes Jahr die Bürgersteige hochgeklappt hält, damit sich ja kein Fremder hierher verirrt. In der Saison von April bis September kommen die Touristen und Tagesbesucher wie Ameisen wuselnd durch das alte, gerade frisch sanierte Stadttor gequollen und trampeln alles nieder, was es niederzutrampeln gibt. Die kleine Kreisstadt zählt zum Weltkulturerbe, besitzt einen weitläufigen Park, dessen Rasen führender Boden einer Vielzahl von Bäumen, Sträuchern und Gewächsen Heimat bietet und einen See, dessen Seitenarme mehr oder weniger kleine und größere Inseln umspülen. Sie wählte ein mittleres Hotel mit einem zugehörigen beheizten Außenpool, in dem sie ruhig ihre Bahnen ziehen würde, einem integrierten Whirlpool und einem großen Innenbecken. Sie nistete sich für fünf Tage im „Alten Auerhahn" ein, nahm das angebotene Vier-Gänge-Verwöhn-Menü nicht in Anspruch und buchte nur mit täglichem Frühstück. Man bot ihr eine stattliche Anzahl verschiedener Wellness-Anwendungen an, die sie alle dankend ablehnte. Es waren gerade Rhabarbertage. Da fiel ihr der Begriff „Rhabarberschäumchen" ins Auge. Die Neugier, die sie plötzlich überkam, nötigte sie, die Beschreibung desselben auch noch zu lesen. Man versprach ihr eine Rhabarber-Schaum-Massage, die alle Sinne gehörig anregen und die Lebensgeister wieder wecken sollte. Wer das Angebot buchte, sollte zusätzlich ein Glas Mocca-Sekt und ein Rhabarber-Trüffel-Tröbittchen erhalten, was immer sich dahinter verstecken mochte. Gut – auf das Tröbittchen, von dem sie noch nie etwas gehört hatte, konnte sie verzichten aber den Mocca-Sekt kannte sie aus tiefsten DDR-Zeiten. Warum sollte man dem nicht noch einmal zu neuen Ehren verhelfen.

Und natürlich das Rhabarberschäumchen ließ ihr den Mund wässrig werden. Gebongt, gebucht.

Ganz allein. Weg von allem. Das Kulturerbe war 256 km von Dasselberg entfernt, in einer Talsohle unterhalb des Warnim-Eiderjochs gelegen. Es bot sich also außerdem Gelegenheit, die 1400 m Höhenunterschied mittels festem, profilsohlenbesetztem Schuhwerk zu überwinden oder einen entliehenen Drahtesel zu satteln und die angeblichen 20 km bis nach Italien zu radeln.

Langsam kam bei Tamara Begeisterung auf und ihr angeborener Forscherdrang blinzelte aus längst verschütteten Tiefen.

Nach knapp drei Fahrtstunden mit dem alten Skoda Felicia, der ihr Ein und Alles war und – entgegen ihrer Ordnung im Hause – peinlichst gepflegt wurde, traf sie mit einem winzigen Lederköfferchen und einer alten Sporttasche voll verschiedenster Utensilien gegen Abend im „Auerhahn" ein. Das kleine Familienhotel machte einen ganz passablen Eindruck. Es schien nicht völlig ausgebucht zu sein, der Parkplatz hinter dem

Haus war nur mäßig gefüllt. Tamara hatte sich von einem, an der Autobahn gelegenen McDonald's® ein Salatschälchen mit Hähnchenbruststreifen mitgebracht. Nichts Spektakuläres. Dazu ließ sie sich eine Karaffe Rotwein aufs Zimmer bringen und warf sich samt Stiefeln mit aller Wucht, die ihr nicht eben großer und kräftiger Körper aufbringen konnte, auf das knarrende Hotelbett.

Sie zog ruhig ihre Bahnen. Es war bereits halb Zwölf. Der Außenpool gehörte ihr ganz allein. Offensichtlich mochte die Mittagszeit keiner im Wasser verbringen. Doch sie spürte die Penetranz neugierig spähender Augen. Die Blicke mussten durch die Glasfront des Ruheraumes auf sie gerichtet sein. Oder sollte jemand hinter der Gardine eines der Fenster in den Obergeschossen sich voyeuristisch betätigen? Tamara bläute sich ein: das stört mich nicht. Ich suche hier meine Ruhe, alles andere nehme ich gar nicht wahr. Und doch musste sie unwillkürlich zum Ruheraum hinüberblicken. Zwei Liegen waren besetzt. Nach den großen Füßen zu urteilen, die ihr zugereckt lagen, mussten es Männer sein. Tamara schwamm unentwegt, immer in gleicher Geschwindigkeit. Von irgendwo her drangen Laute, die sie bisher noch nicht wahrgenommen hatte, an ihr Ohr. Auf der Rücktour wendete sie den Kopf und schaute kaum merklich wieder Richtung Ruheraum. Jetzt war nur noch eine Liege okkupiert, und sie sah ein Türmchen unter dem Bademantel des liegenden Spähers. Ein erigierter Penis. Tamara sah schnell weg. Dieses die Stille durchschneidende Schniefen und die Pyramide von Gizeh unter dem Bademantel waren irgendwie unheimlich. Plötzlich, sie traute ihren Ohren kaum, nahm sie aufgeregtes Atmen wahr, von zwei Personen. Sie schwamm gerade an der Wende, drehte sich um und … Im vorderen Teil des Poolbeckens war die Whirlpool-Funktion betätigt worden.

Das Wasser bäumte sich auf, als ob ein großer Tauchsieder seine Höchstform erreicht hätte. Ein Pärchen bewegte sich in diesem Strudel gegeneinander. Sie hatten keine Blicke für ihre Umgebung. Keiner der beiden nahm Tamaras Herannahen wahr. Sie schwamm langsamer, spürte, verdammt, dass sich etwas in ihrer Vagina regte. Das Paar bewegte sich heftiger, ihr Atem beschleunigte sich, die Frau begann aufgeregt zu stöhnen, während der Mann sie immer wieder an sich heranzog. An der Wasseroberfläche schwamm ein Bikinislip. Das kopulierende Pärchen befand sich in einer anderen Welt. Es hätten hundert Gesichter auf sie gerichtet sein können, sie hätten es nicht bemerkt. Sie keuchte. Tamara hatte längst ihr Bahnenziehen unterbrochen, verharrte in der Nähe und war mit ihrer rechten Hand in die Bikinihose geschlüpft. Sie bewegte ihren Finger auf der Klitoris und fühlte, wie ihr Puls anstieg. Was war das? Sie wollte sich nicht von dem Geschehen um sich herum beeinflussen lassen, aber Sex, der einem förmlich unter die Nase gerieben wurde, war unzweifelhaft sehr erregend. Das Brodeln des Wassers verebbte plötzlich, und die Keuchenden vermochten nicht, es wieder in Gang zu setzen. Inzwischen schaukelte auch das Bikinioberteil in einiger Entfernung auf dem Wasser. Das Paar wurde von letzten heftigen Zuckungen durchbebt, sie konnte den erlösenden Schrei nicht unterdrücken. Ihr Kopf sank nach hinten ins Wasser. Schnell legte er ihr seinen Arm unter den Nacken, um den Kopf an der Oberfläche zu halten.

Plötzlich hatte die Frau ihren Wachzustand wieder erreicht und blickte entsetzt um sich. Tamara, die soeben ein leiser Orgasmus durchzuckte, sah nach oben zu den Fenstern der Appartements.

Köpfe huschten hinter die Gardinen. Am Ufer des Pools gewahrte sie verstohlene Blicke hinter den angelegten Büschen. Auf der Bank, die versteckt zwischen Rhododendren aufgestellt war, bewegten sich ebenfalls zwei Leiber. Was war hier bloß los, träumte sie? War sie in einen Swingerclub geraten? Tamara schloss für einige Sekunden die Augen. Als sie sie wieder öffnete, befand sie sich allein im Wasser, und keine Menschenseele war zu sehen. Aber weit weg, am hinteren Ende des Pools, sah sie das Bikiniteil auf der Wasseroberfläche dahingleiten. Tamara war irritiert aber immer noch sexuell erregt. Sie sprang aus dem warmen Wasser und in der Innenhalle unter die kalte Dusche. Auch sie wollte gern einen Schrei von sich geben. Nur halb abgetrocknet begab sie sich zügig auf ihr Zimmer, schloss ab und nahm den Vibrator.

Tamara konnte die halbe Nacht nicht schlafen. Was würde morgen passieren? Es war, als hätte sie die ganze Szene nur geträumt. Gegen Zwei, als sie noch immer wach lag, sprang sie aus dem Bett und ging hinaus auf den Gang, der nachts nur halb beleuchtet war. Einfach ein Stück laufen. In Gedanken versunken lief sie in irgendeine Richtung. Vielleicht sollte sie noch einmal hinunter ins Foyer fahren. Tamara bewegte sich auf Zehenspitzen einsam den spärlich beleuchteten Flur entlang. Etwa zwanzig Meter vor ihr machte er eine rechtwinklige Biegung. Sie hörte Stimmen. Ah, da war noch jemand seines Schlafes beraubt.

Tamara stutzte, es war niemand zu sehen. Und die Stimmen klangen seltsam. Die Neugier ließ sie weitergehen. Da stand ein mächtiger Wandschrank in einer großen Nische, wo das Servicepersonal gewöhnlich die ganze Wäsche aufbewahrte. Sie sah vorsichtig um die Wandecke und traute ihren Augen nicht. Die Schranktür war weit geöffnet. Da bewegte sich ein entblößtes männliches Hinterteil im Fond des Schrankes auf und nieder. Verdammt, da vögeln zwei, enttarnte Tamara die Situation. Sie war schon wieder elektrisiert und wagte sich noch einen Schritt näher, vielleicht würde sie die Person im Schrank sehen. Sie hörte ein schnelles, tiefes Atmen, dann ein sonores Stöhnen. Das klang nicht wie die Sexgeräusche einer Frau. Sie musste noch etwas weiter heran. Tamara war sehr vorsichtig, meinte sie. Stöhnen und Krächzen. Noch ein kleines Stück näher. Da entdeckte sie unter den männlichen Hinterbacken noch zwei weitere, männliche, zwischen denen sich ein großer Penis bewegte. Die beiden mussten kurz vor ihrem Höhepunkt stehen.

Tamara lief das Wasser im Mund zusammen, und sie musste schlucken. Es war ein leichtes Glucksen, das den vögelnden Mann aufschreckte. Mit einem grellen Ton sprang er rückwärts aus dem Schrank und sah Tamara mit riesigen Augen an. Im selben Moment war sie verschwunden, lief und lief und kam erst vor ihrem Zimmer zum Stehen. Karte durchgezogen, hinein und Tür zu.

Was wurde in diesem Hotel bloß getrieben? Ihr war nicht klar, wie sie sich am anderen Morgen im Frühstücksraum verhalten sollte. Die Ereignisse des vergangenen Tages lagen ihr schwer auf dem Gemüt. Wenn sie nicht so heiß auf das Rhabarberschäumchen wäre, würde sie noch heute abreisen. Aber warum eigentlich. Sie konnte nichts für die Episoden des vergangenen Tages. Morgen, kurz nachdem die Hähne gekräht haben, würde sie hinunter in den Frühstücksraum gehen und sich nichts anmerken lassen. Wer hat denn hier gepoppt, was das Zeug hielt. Sie doch nicht! Damit nahm sie ein Schlafmittel und legte sich hin.

Am Morgen war ihr erster Gedanke bei dem Paar im Schrank, der zweite unten im Pool. Sie machte sich frisch, zog sich an und ging in den Frühstücksraum. Es war erst acht Uhr. Sie saß als Erste mit dem am Buffet befüllten Teller auf ihrem angewiesenen Stuhl und wartete auf den frischen Kaffee. Langsam füllte sich der Raum, und sie erkannte nicht eine Person. Und trotzdem hatte sie das Gefühl, unzählige gierige Augen seien auf sie gerichtet, verspürte höhnische Blicke und böse Gesten. Ihr wurde übel. Als sie durch den Raum zur Toilette hastete, waren alle Menschen mit sich beschäftigt. Geisterten vor einer halben Stunde Halluzinationen in ihrem Kopf?

Es hatte sich etwas verändert, als Tamara wieder an ihren Tisch zurückkam. Auf dem freien Stuhl ihr gegenüber saß ein Mann, den sie während ihres Aufenthaltes hier noch nicht bemerkt hatte. Sicher war er gestern Abend erst spät eingetroffen. Er erhob sich kurz, grüßte und stellte sich vor. Schweigend aßen beide ihr Frühstück. Tamara spähte hin und wieder argwöhnisch zu ihrem Gegenüber. Doch der männliche Frühstücksgast hob kaum den Blick. Sie mutmaßte, dass er wohl um die Vierzig sein könnte. Er trug etwas längeres, leicht angegrautes Haar, hinter die Ohren gekämmt und einen Zweitagebart. „Schauen Sie mal, da drüben am Haus grasen zwei Rehe." Er wies mit der Hand durch die Glasfront des Wintergartens und lächelte sie an. Tamara war erstaunt, so nahe hatte sie noch kein Wildtier gesehen. „Und sie lassen sich überhaupt nicht stören", sagte sie ohne Argwohn. „Ich liebe ja Tiere und wollte nachher mal rüber in den großen Park. Haben Sie nicht Lust, mich zu begleiten? Vielleicht sehen wir einen Schwan brüten", fragte er sie. „Oh, schade", antwortete Tamara, „ich freue mich gleich auf mein Rhabarberschäumchen."
„Das dürfen Sie nicht verpassen, aber ich habe gestern Abend

vorn am Ortseingang ein kleines Asiatisches Restaurant gesehen. Wollen wir mittags dort gemeinsam etwas essen?", waren seine Worte.

„Na, das ist genau in meinem Sinne", sprudelte Tamara mit ehrlichem Glanz in den Augen heraus. Also verabredeten sie sich um 12 Uhr in der Lobby.

Als sie im weißen Bademantel im Massagetempel eintraf, wartete der Masseur bereits auf sie. „Ich bin Freddy, bitte hier herein", flötete der junge Mann und nahm sie mehr als zärtlich bei der Hand. Tamara war sofort irritiert. Ein berauschender Duft empfing sie in einem kleinen Salon, der über und über mit Blütenblättern ausgelegt und von vielen Kerzen erhellt war. Inmitten dieses zarten Teppichs stand ein Thron, ein Bett wie im Himmel, mit weichen weißen Kissen, lud sie ein, ihren Körper einfach hineinfallen zu lassen. Ringsherum wehten hauchdünne Tücher und rosafarbene Rüschen rahmten das Bett ein. Darüber ein blauer Himmel aus Tüll und weißen Federn. Wahrlich ein Traum. Leise, gefühlvolle Musik umfing sie. Tamara legte sich mit klopfendem Herzen und lediglich einem knappen Slip bekleidet bäuchlings auf das Bett, den Kopf frei, sodass sie hin und wieder am überreichten Mocca-Sekt nippen konnte. Freddy begann mit seiner Show. Seine sanften Hände zauberten Tamara sofort eine Gänsehaut auf den gesamten Körper. Von der Hüfte aufwärts streichelte er sie mit spitzen Fingern, die sie kaum berührten. Oben am Hals angekommen, zog er mit zwei Schwanenfedern links und rechts der Wirbelsäule wieder hinunter. Er stemmte seine Hände in ihre Taille und bewegte sie unter Druck in Richtung ihrer Achselhöhlen, um sie dort unter ihrem Leib auf den Brüsten zu platzieren. Schweißperlen bildeten sich auf Tamaras Stirn, und ihr Körper begann zu vibrieren. Als Freddy

188

so dreist war, ihre Brüste zu massieren, ließ sie das Sektglas fallen. Diese Hände konnten alles machen, was er wollte und was Tamaras Sinne so betörte, dass ein irres Gefühl in ihr aufstieg. Er fuhr mit ausgestreckten Fingern hinunter, über den Bauch zum Unterleib, um sie ganz kurz in ihrem Höschen verschwinden zu lassen. Das war unfassbar für Tamara und erst der Anfang der Anwendung. Ihr Körper zitterte. Sofort hatte Freddy die frechen Finger wieder in seiner Gewalt. Er reichte ihr ein neues Glas Sekt und seifte sie sofort mit einem Rhabarberschaum ein, der weicher war, als es Tamaras Vorstellungskraft zuließ. Mit äußerst erotisierenden Bewegungen massierte Freddy ihren gesamten Körper und verschonte damit keine einzige Region. Er kniete sich vorsichtig über sie und bewegte seine Hände wie ein Luftkissenboot bis zu Tamaras Haarwurzeln. Sobald sein Mund ihren Rücken berührte, leckte er entlang der Wirbelsäule, parallel zu seinen Händen den herrlichen Rhabarberschaum weg, bis er einen winzigen Moment auf ihr lag. Sofort erreichte er wieder den Kniestand. Tamara atmete hastig, das erste leise Stöhnen, das sehr schnell anschwoll, signalisierte Freddy, dass sie kurz vor dem Höhepunkt stand. Er hielt einen Moment inne, um dann sehr langsam und sehr zärtlich in ihren Slip hinein und über die Spalte eine Sekunde mit dem Finger in ihre Vagina zu gelangen und den Orgasmus auszulösen.

Tamara gab sich vollkommen fertig ihrer Unterlage hin. Sie war allein im Raum, als sie sich wieder im Besitz ihrer geistigen Fähigkeiten fühlte. Der Masseur Freddy hatte sie in eine fatale Situation gebracht und dann einfach liegen lassen. Was wurde hier gespielt? Sie war total verwirrt. Konnte es der Sekt gewesen sein? Hatte Freddy… rauschendes Wasser, sie hörte rauschendes Wasser. Die Dusche war für sie aufgedreht worden. Und Musik, jetzt nahm sie auch die Musik wieder wahr. Tamara schnappte ihren Bademantel und verließ wie betäubt den Salon. Im Flur erschrak sie und zog ihn flink an. In der Tasche des Mantels fand sie das zellophanierte Tröbittchen. Das ist ja eine Art und Weise, dachte sie und ging sprachlos die Treppe hinauf, um im nächsten Augenblick blitzschnell auf ihre Armbanduhr zu sehen. In einer halben Stunde war sie mit – wie hieß er(?), Jörg – nein Dirk, Dirk Witter oder so ähnlich verabredet. Noch auf der Treppe nahm sie die Badelatschen in die Hand, raste auf ihr Zimmer und sprang in die bereitgelegten Kleider, grüner, enger Lederrock, den Reißverschluss hoch, den etwas dunkleren Seidenpulli darüber und rein in die Ballerinas. Das feuchte Haar schnell etwas aufgesteckt, so würde es gehen. Halt! Sie hatte noch nicht einmal geduscht nach dieser bis zur Befriedigung getriebenen Massage. Ach was! Tamara schleuderte sich die Tasche über die Schulter und rannte atemlos die Treppe zur Lobby hinunter. Zehn Minuten zu früh. Von ihrem Begleiter nichts zu sehen. Da bestellte sie mit zitternder Stimme eine Tasse Kaffee, ließ sich in einen der Sessel fallen und das mitgebrachte Trüffeltröbittchen schmecken. Beim letzten Bissen stand er vor ihr, frisch geduscht und verführerisch ausstaffiert: Dirk Witter. „Drawitter“, verbesserte er. „Wollen wir gehen?“ Tamara, wieder zu ihrer alten Form avanciert, stand auf und nickte. Dirk Drawitter, dachte sie, eigenartiger Name, und der Vorname passt überhaupt nicht zu ihm. An Rüdiger dachte sie nicht.

Er stellte unterwegs keine Fragen, gab nichts von sich preis. Das war gut. Er erzählte ihr von einer Wildsafari in den Masuren. Tamara hörte aufmerksam zu, seine Erzählweise gefiel ihr, und sie erfuhr Interessantes, von dem sie noch nie gehört hatte. Sympathischer Typ.

Sie steuerten einen Tisch im Außenbereich des kleinen Vietnamesischen Restaurants mit dem etwas großspurigen Namen „Pagode" an. Dirk setzte sich Tamara gegenüber. Er ließ sich zu seinem ausgewählten Menü ein Pärchen Essstäbchen bringen. Sie nicht. Er schickte einen fragenden Blick herüber. Sie gab zu, noch nie asiatisch mit Stäbchen gegessen zu haben. „Wollen Sie's nicht mal probieren? Ich helfe", nickte er ihr aufmunternd zu. Tamara nickte zurück und bekam Stäbchen. „So …, ach, ich komme einfach mal rüber", sagte Dirk und setzte sich neben sie. ‚Was für ein angenehmer Duft von ihm ausgeht', dachte sie. Er zeigte ihr, wie sie die Stäbchen halten sollte und traute sich, ihr die Hand zu führen. Tamara ließ es geschehen. Es fühlte sich so vertraut an, als er sie berührte. „Schau mal, so muss der Daumen sitzen, damit die Stäbchen auch beweglich sind. Sie sind mir doch nicht böse, dass ich das ‚Du' wähle, es ist einfach angenehmer", und er blickte sie dabei an. Tamara lächelte und verriet ihm: „Ich bin Tamara, Tamara Werner." „Meinen Namen kennst du ja schon", lächelte er zurück. Als sie das Stäbchenessen einigermaßen beherrschte, waren beider Speisen kalt. Dirk hatte sich ihr wieder gegenübergesetzt und schaute ihr fröhlich lachend in die Augen. In diesem Moment verliebte sich Tamara in ihn. Er sah es ihr an und ließ sie spüren, dass er ähnliche Empfindungen hatte. Sie ließen ihre Blicke nicht mehr voneinander, während sie die kalte Mahlzeit zu sich nahmen, die Weingläser leerten und zahlten. Hand in Hand überquerten sie die Straße und rannten einen Feldweg hinunter, der von Kirschbäumen gesäumt war. Sie rannten, bis sie nicht mehr konnten und einfach ins Gras fielen. Atemlos umarmten und küssten sie sich. Und ließen sich nicht mehr los. Als Tamara ihm die Jeans öffnen wollte, flüsterte er: „Komm, wir heben es uns für heute Abend auf. Du kommst doch zu mir?" „Wenn du mir deine Zimmernummer verrätst?", fragte sie und sprang auf.

Die anfängliche Skepsis Tamaras – ob zweifelhafter Erlebnisse hier im Hotel – wich einer beträchtlichen Spur Argwohn gegenüber Dirk Drawitter.

Nachdem sie ihn kennengelernt und als eher zurückhaltenden Menschen wahrgenommen hatte, ließ Tamara inzwischen sämtliche Zweifel fallen. Im Gegenteil, etwas pikiert, nachdem sie sich ertappt hatte, sexuell zu forsch gegen ihn aufgetreten zu sein, wollte sie sich eigentlich für den Rest des Abends sehr zugeknöpft zeigen. Sie hatte den Reißverschluss des bubikragenbesetzten, sommerlichen Etuikleides bereits geöffnet, um es anzuziehen. Da überkam sie ein Anflug von abenteuerlichem Draufgängertum. Ich werd's ihm zeigen, dachte Tamara. Er soll sich wundern, und wenn ich ihn falsch eingeschätzt habe, dann war es das eben.

Sie musste zweimal an seiner Tür klopfen. Dirk war mit der Ausstaffierung des Raumes noch nicht ganz fertig. Er öffnete ihr in einer legeren kurzen Sporthose und passendem T-Shirt und lächelte sie vergnügt an. Sie wusste nicht warum. Doch er sah sofort, dass sie unter dem leichten Sommerkleidchen keinen Slip trug.

Tamara blieb regungslos an der Tür stehen. Dirk war noch einmal schnell in den Ort gefahren und hatte einiges eingekauft. Sekt und zwei Gläser standen auf dem Tisch, kleine Lachs- und Käsehäppchen sahen sehr appetitlich aus und brennende Kerzen waren die einzige Quelle, die den Raum in ein intimes Licht tauchte. Tamara war sprachlos und musste schlucken. „Komm, setz dich", sagte Dirk und bot ihr einen Platz an. Da fand sie einen winzigen Teil ihres Wortschatzes wieder. „Danke", murmelte sie verlegen und setzte sich auf die Kante des Sessels. Sie ließ ihren Blick durch das Zimmer schweifen, während er die Gläser füllte. Tamara leerte ihres in einem Zuge und bat um ein zweites. „Komm, Tamara, iss erst mal etwas", sagte Dirk, „sonst rutschst du noch gänzlich vom Sessel." Sie biss zaghaft in ein Lachsscheibchen und ließ ihn dabei nicht aus den Augen. Er wollte sie noch ein wenig auf die Folter spannen und aß genüsslich, bis es Tamara nicht mehr auf ihrem Sitz hielt. Sie trank in wenigen Zügen das Sektglas leer, sprang auf und zog vor ihm ihr dünnes Kleid aus. „Wo ist die Dusche?", fragte sie mit erregter Stimme. Dirk erhob sich und begann sich zu entkleiden. „Geradeaus, mein Liebes." Tamara drehte sich erstaunt noch einmal um und verschwand.

Das warme Wasser beruhigte sie ein wenig. Sie konnte sogar der zärtlichen Musik im Raum lauschen. Als zwei Hände ihre Brüste umfingen und ein Mund ihren Nacken liebkoste, begann sie zu zittern. „Aber nicht doch", sagte er leise und drückte sich sanft an ihren Rücken. Wie herrlich, dachte sie. In kreisenden Bewegungen waren sie ineinander verschlungen und steigerten allmählich ihre Lust. Tamaras Hände glitten an der Glaswand entlang, während er seinen Körper fest an den ihren schmiegte. Sie spürte deutlich sein Glied, das ihr die Lendenpartie streichelte und sie fast wahnsinnig machte. Dirk presste sie immer fester gegen die Glasscheibe und bewegte seine Hände ganz langsam von den Brüsten hinunter zu ihrer Vagina. Tamara hechelte bereits, stellte ihre Beine auseinander und streckte das Hinterteil heraus, damit Dirk ihr Geschlecht erreichen konnte. Plötzlich spürte sie seinen Mund auf ihrer Wirbelsäule, der sich küssend nach unten bewegte und ihr ein leises Kreischen entlockte. Wie einen Dolch ließ er seinen Phallus in sie fahren und begann, sie zu penetrieren. Tamaras Hände fanden keinen Halt mehr an der Glasscheibe. Sie wollte unter rasendem Stöhnen hinuntergleiten. Doch Dirks Arme hielten sie sicher. Er beugte ihren Kopf nach hinten und gab ihr einen innigen Kuss. Sie bewegte sich heftig unter seinen Stößen, denn sie wollte endlich den Orgasmus. Doch Dirk löste sich von ihr, drehte sie um und nahm sie von vorn. Tamaras Atem überschlug sich fast, als sie am Ende ihrer Kräfte den Höhepunkt erreichte. Das Beben ihres Körpers hörte nicht auf, sodass er sie nach draußen aufs Bett tragen musste.

Sie schlief sofort ein und erwachte erst am anderen Morgen. Dirk war verschwunden, doch auf dem kleinen Tisch lag ein Zettel mit einem Schokoladenherz. Tamara nahm das Herzchen und ignorierte die Nachricht. Sie dachte plötzlich an Rüdiger, verließ das Zimmer, holte ihr Gepäck und checkte aus.

Noch auf ein Wort

Sybille, Henriette, Margit und die anderen Protagonistinnen
dieses Erotikbandes, die sicher auf Anhieb die Herzen ihrer
Leserinnen und Leser für sich gewinnen konnten, werden
Nachfolgerinnen haben.
Heidrun Johanna Härtling schwirren schon wieder neue erotische
Abenteuer im Kopf herum.
Sex ist nicht altersabhängig, und so ein Büchlein passt unter jedes
Kopfkissen als kleine, hilfreiche Bettlektüre…

Autoren-Vita

Heidrun Johanna Härtling schreibt bereits seit ihrer Kindheit. Beizeiten entdeckte sie ihre Liebe zur Deutschen Sprache, deren vielseitigen Ausdrucksformen und Gestaltungsmöglichkeiten.
Ihre besondere Kreativität und handwerkliche Begabung ließ sie den Beruf einer Gebrauchswerberin erlernen und mit Freude und Hingabe ausüben. Voller Leidenschaft entwarf und baute sie die Kulissen für ausladende Schaufenster und ging darin auf, sie auch zu dekorieren. Später, nach der Wende konzipierte H. J. Härtling saisonale Gestaltungen für große Einkaufs-Center.
Zu ihren außergewöhnlichen Begabungen zählen neben dem Dichten und Schreiben das Zeichnen, Malen und Singen und nicht zuletzt das textile Gestalten. Nie wurde bei allem, was sie tat, das Verfassen von Lyrik vernachlässigt. Im Laufe der Zeit entstanden ungezählte Gedichte, Balladen und auch ein paar Lieder.
Sie arbeitete als Trauerrednerin, schrieb Grabreden und hielt sie auch selbst.
H. J. Härtling lebt in Halle (Saale), in Sachsen-Anhalt.
Die Autorin veröffentlichte 2011 zwei Lyrikbändchen im Taschenbuchformat. 2021 wurde der Erotikband „Marshmallows auf der Haut" im Stockwärter Verlag Halle (Saale) veröffentlicht.

Marja Makuschewitz

Marja Makuschewitz hat für das Buch „Marshmallows auf der Haut - Meine kleine Bettlektüre" sechs erotische Bilder gezeichnet. Sie ist eine gelernte, ideenreiche Floristin mit dem Talent zum Malen, Zeichnen und kreativen Gestalten. Unter dem Label „Rotkopf design" arbeitet sie als selbstständige Floristin.

Anmerkung zum Buch

Wer sich hier pure Erotik, prickelnde Träume oder gar fast „pornografische" Fantasie-Geschichten erhofft hat, wurde gewiss nicht enttäuscht. Die Geschichten und Illustrationen stellen im Gegensatz zur Pornografie nicht einseitig das Sexuelle dar. Sie sind als Leser und Leserinnen bei aller erotischen Fantasie auch auf Konfliktthemen gestoßen, die es in der Realität gibt. Die Autorin erlaubt sich dabei ebenso Humor und erfrischende Übertreibungen. Trotzdem scheint bei den ausgedachten Geschichten einiges aus dem Leben gegriffen.

Als ein Beispiel sei „Bernadette" angeführt, die sich fragt, was mit ihr los sei, dass sie nach einem spontanen Sex mit einem Mann gleichzeitig ein Treffen mit ihm und mit einer erotisch anziehenden Frau organisiert und wo plötzlich ihre nie gekannte Gier herkomme. Sex beim Tandem-Fallschirmsprung: alles geht. Oder „suchte sie noch einmal nach der großen Liebe"?

Frei nach Paracelsus: Auf die Dosis kommt es an, ob etwas zum Gift wird. Trifft das auf die sexuelle Gier als „überdosierte Lust", die nur kurzzeitig zu befriedigen ist, auch zu?

Bei der Geschichte „Tannengestöhn" findet sich dazu eine „Antwort". Hier endet der „gierige Sex" in der Fantasie „toxisch" und sogar mit dem Tod.

Sexualität wird in der Realität zu einer Energiequelle, wenn zur sexuellen Lust die Freude an der Gestaltung einer Beziehung hinzukommt, was Zufriedenheit anstelle von „Gier" hervorbringen kann.

Es könnten diesbezügliche Defizite gewesen sein, welche z.B. die erdachten Frauen Bernadette und Tatjana gierig machten. Das zu klären, ist jedoch nicht das Anliegen der spritzigen, geheimnisvollen und unheimlichen Fantasie-Geschichten.

In der Fantasie und in Träumen ist alles erlaubt. Im wahren Leben nicht.

Beispielsweise kann unmoralisches Handeln leicht kriminell werden. Die fantastischen Geschichten und „Traumgeschichten" bewahren die Menschenwürde und überschreiten letzten Endes nicht die Grenze zur sexuellen Gewalt.

Henriette im vorliegenden Buch hat selbst in ihrem „feuchten" Traum moralische Bedenken, ob sie denn schon so „verroht" sei, sich an den Schmerzen anderer „aufzugeilen". Die unheimlichen, mittelalterlichen „Folterinstrumente" waren jedoch nicht real, sondern gehörten zu ihrem fast „pornografischen" Traum.

Sex auf dem Niveau von alleiniger, sinnentstellender Funktionalität wäre tatsächlich Pornografie und könnte, psychoanalytisch betrachtet, auf sexuelle Unreife hindeuten. Aber im Buch geht es um Fantasien.

Sexualität spielt sich in der Realität nicht nur über die Genitalien ab, sondern benötigt auch Einfühlung und Wissen. Respektvoll verwendet die Autorin für die Sexualfunktionen und die Geschlechtsorgane die korrekten und sogar lateinischen Begriffe. Das schadet der prickelnden Erotik überhaupt nicht. Und die Fantasie-Geschichten schildern selbst die fragwürdigsten Sexualpraktiken als fast immer einvernehmlich oder auch ambivalent.

Sexuelle Lust wird bekanntlich im gesellschaftlichen Leben bis heute sehr unterschiedlich bewertet. Für viele Menschen gehören in der heutigen Zeit sexuelle Fantasien und Lust - gleichermaßen für Frauen und Männer - zum Leben dazu.

Dr. med. Ingrid Ursula Stockmann

Inhaltsverzeichnis

Ich danke allen, die zur Entstehung dieses Buches
beigetragen haben.